Anyssa

Arielle Queen
Premier voyage vers l'Helheim

Du même auteur

Dans la même série

Arielle Queen, La société secrète des alters, roman jeunesse, 2007
Arielle Queen, La riposte des elfes noirs, roman jeunesse, 2007

Romans

L'Ancienne Famille, éditions Les Six Brumes, collection Nova, 2007
Samuel de la chasse-galerie, roman jeunesse, éditions Médiaspaul, collection Jeunesse-plus, 2006

Nouvelles

Le Sang noir, nouvelle, revue *Solaris* n° 161, 2007
Menvatt Blues, nouvelle, revue *Solaris* n° 156, 2005
Futurman, nouvelle, revue *Galaxies* n° 37, 2005
Porte ouverte sur Methlande, nouvelle, revue *Solaris* n° 150, 2004
Les Parchemins, nouvelle, revue *Solaris* n° 147, 2003

ARIELLE QUEEN

PREMIER VOYAGE
VERS L'HELHEIM

Michel J. Lévesque

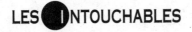
LES INTOUCHABLES

Les Éditions des Intouchables bénéficient du soutien financier de la SODEC, du Programme de crédits d'impôt du gouvernement du Québec et sont inscrites au Programme de subvention globale du Conseil des Arts du Canada.

Nous reconnaissons l'aide financière du gouvernement du Canada par l'entremise du Programme d'aide au développement de l'industrie de l'édition (PADIÉ) pour nos activités d'édition.

LES ÉDITIONS DES INTOUCHABLES
4701, rue Saint-Denis
Montréal, Québec
H2J 2L5
Téléphone : 514 526-0770
Télécopieur : 514 529-7780
www.lesintouchables.com

DISTRIBUTION : PROLOGUE
1650, boulevard Lionel-Bertrand
Boisbriand, Québec
J7H 1N7
Téléphone : 450 434-0306
Télécopieur : 450 434-2627

Impression : Transcontinental
Photographie de l'auteur : Pierre Parent
Illustration de la couverture : Boris Stoïlov
Conception du logo, de la couverture et infographie :
Geneviève Nadeau

Dépôt légal : 2007
Bibliothèque et Archives nationales du Québec
Bibliothèque nationale du Canada

ISBN-10 : 2-89549-277-8
ISBN-13 : 978-2-89549-277-1

À mes parents,
avec amour et reconnaissance

MESSAGE À L'HUMANITÉ D'ABIGAËL QUEEN

CHERS HOMMES DU FUTUR, JE M'ADRESSE À VOUS À TRAVERS LE TEMPS.

SACHEZ QU'UN TERRIBLE DANGER PLANE SUR L'HUMANITÉ. DEPUIS LE DÉBUT DE LA CRÉATION, LES IMPITOYABLES SOUVERAINS DE L'HELHEIM TENTENT DE PERVERTIR MIDGARD, LE MONDE DES HOMMES. DURANT DES SIÈCLES, MES ANCÊTRES ET MOI AVONS TENTÉ DE LES ARRÊTER, MAIS À PRÉSENT JE DOIS ME RENDRE À L'ÉVIDENCE : NOUS N'AVONS RÉUSSI QU'À RETARDER LE JOUR FATIDIQUE OÙ LES HOMMES DEVRONT FAIRE FACE À LA DAMNATION ÉTERNELLE.

VOUS, HUMAINS, VOUS RÊVEZ DE JOURS MEILLEURS. IL EST VRAI QUE PLUSIEURS D'ENTRE VOUS ONT UNE ÂME PURE, ET MÉRITENT D'ÊTRE SAUVÉS. N'AYEZ CRAINTE, CAR LA PROPHÉTIE ANNONCE QU'UNE JEUNE FILLE COMBATTRA LES FORCES DU MAL EN VOTRE NOM.

ELLE NE SERA PAS COMME VOUS, MÊME SI ELLE NAÎTRA ET VIVRA PARMI VOUS. ELLE SERA PLUS

FORTE ET PLUS AGILE QUE VOUS. ELLE POSSÉDERA UNE BEAUTÉ EXTRAORDINAIRE ET UNE PUISSANCE SANS ÉGALE. MAIS CE NE SONT PAS SES INCROYABLES POUVOIRS QUI LUI ASSURERONT LA VICTOIRE, C'EST SA CAPACITÉ D'AIMER. OUI, ELLE AIMERA, ET SON HISTOIRE D'AMOUR SERA LÉGENDAIRE. ÉCRIVEZ-LE, GRAVEZ-LE, BRÛLEZ-LE : SON NOM EST ARIELLE QUEEN, ET ELLE EST LA PROMISE, LA CHAMPIONNE QUI VOUS SAUVERA TOUS.

VOUS SAUVER TOUS… VOILÀ POURQUOI CETTE JEUNE FILLE VOUS SERA ENVOYÉE.

CHÉRISSEZ-LA. PROTÉGEZ-LA. ELLE EST VOTRE SEULE CHANCE DE SALUT.

1

Brutal et les dobermans animalters n'ont pas tardé à reprendre leur apparence humaine.

Ils sortent du placard secret, après s'être dépêchés de revêtir leur uniforme d'alter, et viennent rejoindre Arielle au milieu de la chambre. La jeune fille n'a aucun regard pour eux. Elle demeure figée devant l'oncle Yvan (ou Noah, elle ne sait plus trop...). Elle n'en croit toujours pas ses yeux.

– Oui, je suis bel et bien revenu de la mort, déclare l'homme.

Arielle ne comprend pas. Il y a quelques jours à peine, Noah mourait dans ses bras : « S'il y a un moyen de revenir de là-bas, lui avait-il dit, je te promets de tout faire pour le trouver. » Elle se souvient que sa grand-mère, Abigaël Queen, s'est ensuite adressée à elle en songe : « *En ce monde, le corps n'est que l'ancre de l'âme... Une fois l'ancre levée, l'âme peut déployer ses voiles et parcourir tous les royaumes.* »

L'adolescente avait senti à ce moment qu'elle devait transmettre ce message à Noah, et c'était ce qu'elle avait fait. « Je m'en souviendrai », avait-il répondu. Puis elle avait posé un doigt sur la cicatrice du jeune homme et l'avait caressée doucement.

– Un jour ou l'autre, j'aurais fini par tomber amoureuse de toi, Noah Davidoff, est-ce que tu le sais ?

– Oui, Vénus, je le sais.

Il avait souri, puis tout avait été terminé.

– Tu es revenu de la mort ? demande Arielle au « vieux » Noah qui est devant elle.

Pour Arielle, cet homme est bien un vieux Noah. Vieux dans le sens de « plus âgé », et non de « vieillard ». Il ressemble à Noah Davidoff, mais avec vingt-cinq ans de plus. *Un Noah Davidoff dans la quarantaine*, se dit-elle.

– Oui, fait l'homme, et tu m'as aidé.

Les animalters ne peuvent détacher leur regard de Noah.

– Voilà que les humains se mettent à ressusciter ! dit Brutal. Je pensais qu'il y avait juste les chats qui avaient neuf vies !

– Noah, c'est… c'est bien toi ? bredouille Geri, incapable de contenir sa joie.

L'oncle Yvan confirme d'un signe de tête.

– Mais qu'est-ce qui t'est arrivé ? lance Freki.

– Après ma mort, j'ai été envoyé dans l'Helheim, répond le vieux Noah.

Il s'est éveillé dans un cachot, explique-t-il. Il ignorait alors qu'il se trouvait dans le Galarif, la prison de l'Helheim. L'Helheim est la citadelle du mal, le domaine de Hel, la géante, et de Loki, son père. Ses hauts remparts sont érigés au centre du royaume des morts, au plus bas de l'univers connu. Le palais de Hel, l'Elvidnir, et sa prison de glace, le Galarif, sont situés au centre de la citadelle.

– C'est là-bas qu'ils m'ont gardé, jusqu'à ce qu'Arielle vienne me délivrer.

Arielle ne peut cacher son étonnement :

– Tu dis que je suis venue te délivrer ? Comment j'ai fait ça ? Je ne m'en souviens pas.

Le vieux Noah hésite avant de poursuivre :

– Tu étais là quand je me suis réveillé dans ce cachot.

Il précise que ces événements se sont déroulés dans son passé à lui, mais que, pour Arielle, ils ne se sont pas encore produits. Tout cela arrivera dans le futur de la jeune fille.

– Dans quelques heures, vous réussirez à vous introduire dans la fosse nécrophage d'Orfraie et vous délivrerez Jason Thorn, le chevalier fulgur.

Arielle se souvient de ce que lui a dit sa grand-mère à propos du chevalier : selon elle, il serait le premier protecteur de la prophétie. Il aurait été fait prisonnier par les sylphors en 1945 : «*Il est probablement toujours prisonnier des elfes noirs à ton époque, avait déclaré Abigaël. Trouve-le et délivre-le. Lui seul sait où se trouve le* vade-mecum *des Queen. C'est le livre qui te permettra d'invoquer les ancêtres de notre lignée. Tu en auras besoin pour vaincre les démons.*»

– Vous libérerez le chevalier…, ajoute Noah, et aussi Gabrielle.

Quoi ? Ils libéreront Gabrielle, c'est bien ce qu'il a affirmé ?

13

Arielle réfléchit tout haut :

– Tu es au courant de ça ? Mais alors, ça veut dire que…

Noah acquiesce :

– Oui, je savais que ta mère était toujours vivante. Et qu'elle était détenue dans la fosse.

– Mais pourquoi me l'as-tu caché ?

– Je ne pouvais te dévoiler cette information sans risquer d'influencer tes choix, des choix que tu devais faire par toi-même, sans connaître les conséquences qu'ils auraient sur ton futur. Si je t'avais dit la vérité, tu aurais voulu te porter au secours de ta mère beaucoup trop tôt. Cela aurait modifié le continuum espace-temps et défait ce qui a déjà été fait. La réalité que l'on connaît aujourd'hui aurait été différente.

Ces concepts d'« espace-temps » et de « réalité différente » demeurent confus pour Arielle. Noah lui assure que ce n'est pas grave, qu'elle comprendra tout cela plus tard. Il poursuit ensuite sa narration :

– Après avoir délivré Gabrielle et Jason, les animalters et toi partirez pour l'Helheim. Au dernier niveau de la fosse se trouve l'Evathfell, la fontaine du voyage. En buvant l'eau de cette fontaine, vous parviendrez à quitter le royaume des vivants pour celui des morts et irez secourir mon « jeune moi-même ». Une fois que vous m'aurez libéré, nous réussirons tous à nous échapper du monde des morts, mais, contrairement aux autres, je choisirai de revenir vingt-cinq ans en arrière, à une époque où tu n'étais pas encore née.

– C'est vraiment nécessaire ? demande Arielle.

Noah s'approche d'elle.

– Souviens-toi, dit-il, c'est moi, Yvan, qui vous ai aidées à échapper aux elfes noirs, ta mère et toi. Je devais revenir dans le passé pour rencontrer ta mère. Je devais être présent pour m'occuper d'elle, mais aussi de toi. Je savais qu'un jour ou l'autre j'aurais à vous sauver toutes les deux de Falko et de ses elfes noirs. Un « oncle Yvan » devait exister pour vous protéger toutes les deux contre les sylphors. C'est pour cette raison que je devais revenir vingt-cinq ans plus tôt, Arielle.

Nous sommes en 2006, songe Arielle. *Noah est donc revenu en 1981.* Il s'est inspiré de son patronyme, Ivanovitch, pour se créer une nouvelle identité. C'est alors qu'il a pris le nom d'Yvan. En 1981, Gabrielle n'avait que seize ans. Noah et elle se sont liés d'amitié. Yvan/Noah savait qu'un jour viendrait où il aurait à sauver Gabrielle et sa fille des elfes noirs. Ce jour est arrivé neuf ans plus tard, à la naissance d'Arielle. Falko, le père d'Arielle, avait pour instruction de l'enlever à sa mère et de la livrer aux sylphors. Gabrielle l'a découvert et, pour déjouer leur plan, a demandé à son ami Yvan de l'aider à s'échapper. Yvan/Noah, Gabrielle et la jeune Arielle se sont alors enfuis à bord de la voiture de Gabrielle. Les elfes noirs les ont pourchassés jusqu'à ce que Noah perde le contrôle de la voiture et que celle-ci dérape. Le véhicule a pris feu après l'accident, et Noah a dû faire un choix : sauver la mère ou la fille. Sachant que l'arrivée des elfes était imminente, Noah a finalement choisi de sauver Arielle, l'élue. Il s'est éloigné du lieu de l'accident avec le bébé dans ses bras, abandonnant Gabrielle dans la voiture en feu. Noah et la jeune Arielle sont ensuite venus s'établir à Belle-de-Jour, où Noah a passé un pacte avec les alters pour assurer la sécurité de l'enfant.

— Je n'apprécie pas particulièrement l'idée de t'envoyer dans l'Helheim, dit le vieux Noah, mais si tu ne viens pas me délivrer, je ne pourrai pas revenir, ce qui signifie que l'oncle Yvan n'aura jamais existé. L'histoire sera changée. Modifier le passé de cette façon pourrait nous être fatal à tous.

Le vieux Noah sourit et enchaîne :

— Ne crains rien, tu t'en sortiras. J'étais là, j'ai assisté à ton retour parmi les vivants. Tu vas réussir à me sauver, Arielle.

— Mais tu ne reviendras pas avec moi ?

Noah l'observe un moment, en silence.

— Je suis revenu, répond-il, mais à une époque différente.

Et il est devenu mon oncle…, ajoute Arielle pour elle-même. *Mais je ne veux pas qu'il devienne mon oncle !*

— Noah… oncle Yvan… je…

Le vieux Noah l'interrompt d'un signe de la main. Arielle perçoit de la tristesse dans son regard.

— Je sais ce que tu penses, Arielle. Mais ce n'est pas le moment.

Il jette un coup d'œil à la bouteille d'alcool que la jeune fille lui a confisquée un peu plus tôt ; elle la tient toujours entre ses mains. Yvan se servait parfois de cet alcool pour « assommer » son alter. De cette façon, il pouvait profiter de quelques heures de sommeil.

– Tu avais raison tout à l'heure, lui dit Noah, il faut partir tout de suite pour la fosse nécrophage d'Orfraie. Geri, Freki, préparez les épées fantômes et les injecteurs acidus. Brutal, va me faire du café ; je dois rester éveillé pour quelques heures encore.

S'il veut contenir Razan, son alter, le vieux Noah n'a que deux options : soit il s'enivre, soit il évite de dormir. Il ne peut utiliser son médaillon demi-lune pour empêcher son double diabolique de prendre le contrôle de son corps, puisque Arielle l'a remis à Reivax, l'alter du vieux Xavier Vanesse, afin de conclure une trêve.

– Où se trouve la fosse ? demande la jeune fille alors que les animalters s'attellent déjà à la tâche.

– De l'autre côté de l'Atlantique, répond Noah. Dans une forêt de Bretagne. Les clans de sylphors de l'Ancien Monde s'en servent comme repaire.

– En Bretagne ? s'étonne Arielle. Comment on va faire pour se rendre là-bas ? En volant ? Je ne suis pas certaine que j'arriverais à traverser un océan !

Noah lui sourit.

– Je connais un autre moyen. Que dirais-tu d'y aller en jet privé ?

2

Le manoir Bombyx se profile à l'horizon.

La voiture s'engage dans l'allée menant à l'esplanade. À bord se trouvent Noah, Arielle, Brutal et les deux dobermans animalters. Yvan/Noah a emprunté la voiture du voisin, la sienne ayant été fortement endommagée quelques jours plus tôt par Falko et ses sylphors.

— Jamais j'aurais pensé qu'on reviendrait ici aussi tôt, grogne Brutal alors que le véhicule progresse lentement entre les deux rangées d'érables.

— Qui vous dit qu'ils ne sonneront pas la charge en nous voyant arriver? lance Geri.

— J'ai conclu une trêve avec eux, explique Arielle. Tant qu'ils auront l'autre médaillon demi-lune, on ne risque rien.

— Conclure une trêve avec des démons, c'est faire preuve d'une grande naïveté! marmonne Brutal.

La voiture s'immobilise devant la terrasse. Noah se tourne vers Arielle.

– Il nous faut l'aide de Reivax, dit-il.

– Il va accepter de nous aider? demande Arielle.

Noah acquiesce :

– Oui, s'il y gagne quelque chose en retour.

– Que vas-tu lui proposer?

– De rétablir la lignée des Vanesse.

Arielle n'est pas certaine de comprendre. Noah lui sourit, puis sort de la voiture. Il ne tarde pas à être imité par les autres passagers. Le vent fait claquer les pans du manteau de cuir d'Arielle dès qu'elle se retrouve à l'extérieur du véhicule.

Une demi-douzaine d'alters, eux aussi en uniforme, apparaissent soudain sur la terrasse. Cela ne semble pas gêner Noah. Il s'est déjà engagé dans les escaliers et se dirige d'un pas assuré vers eux. Arielle et les autres le suivent de près. Au moment où Noah franchit les dernières marches, les alters s'écartent pour laisser place à Ael, l'alter de Léa Lagacé, et au corbeau animalter de Nomis.

– Que faites-vous ici? lance Ael en se plaçant devant Noah pour l'empêcher d'aller plus loin.

Les alters posent une main sur leur épée fantôme, se préparant à dégainer au cas où la situation s'envenimerait.

– Je dois parler à Reivax, répond Noah.

– Ton visage m'est familier. Tu es l'oncle d'Arielle, n'est-ce pas? Mais cette cicatrice…

La lumière se fait dans l'esprit d'Ael : l'homme a rasé sa barbe. Grâce à cela, elle réalise que ce n'est pas l'oncle d'Arielle qui se tient devant elle, mais plutôt…

– Noah? Noah Davidoff? Mais… tu es mort.

— Ael, insiste Noah, je dois absolument voir Reivax.

— Tu es revenu de l'Helheim ? s'étonne le corbeau animalter.

Noah fait signe que oui et s'empresse d'ajouter :

— J'expliquerai tout à votre chef. Conduisez-nous à lui, c'est important.

La jeune fille fait signe aux autres alters de reculer. Ces derniers obéissent rapidement et libèrent la voie. Ael adresse un regard hautain à Arielle lorsque celle-ci passe devant elle.

— T'étais obligée de venir, l'orangeade ?

Arielle rétorque sur le même ton méprisant :

— Je m'ennuyais de toi, l'agacée.

Ael jette un coup d'œil en direction de Noah, puis revient à Arielle :

— On dirait que ton beau Noah a pris un coup de vieux. Dommage pour votre histoire d'amour, ça s'annonçait pourtant bien.

— Mêle-toi donc de tes affaires, réplique Arielle. Tu ne sais pas de quoi tu parles.

Ael se met à rire, heureuse d'avoir réussi à piquer sa rivale. Sans ajouter un mot, Arielle se retourne et va rejoindre Noah et les animalters qui s'apprêtent à pénétrer à l'intérieur du manoir par le grand portail.

On les accompagne jusqu'à la grande biblio-thèque, là où les attend le maître de Bombyx. Lorsqu'ils entrent, Reivax leur fait dos. Il se tient debout, tout au fond de la pièce, devant une immense fenêtre rectangulaire qui s'étend du plancher de bois au plafond orné de moulures.

— Ne me dites pas que vous souhaitez renégocier les termes de notre trêve ! déclare-t-il en se retournant pour les accueillir.

Arielle, Noah et les animalters s'arrêtent au centre de la pièce et jettent un coup d'œil autour d'eux. Les murs latéraux sont occupés de haut en bas par de longs rayonnages où s'entassent des centaines de livres. Des livres aux reliures de cuir qui semblent très anciens. Entre les deux bibliothèques du mur ouest se trouve une large cheminée où brûle un feu ardent. Dans un coin, Arielle remarque la présence d'un gros objet grisâtre de forme humaine. Il s'agit d'une statue de pierre. Elle ne la reconnaît que trop bien : c'est le corps pétrifié de son frère, Emmanuel Queen.

— Superbe ornement que ce Mastermyr, vous ne trouvez pas ? demande Reivax en s'approchant de la statue.

Arielle se souvient qu'Emmanuel a pris le nom de Mastermyr le jour où leur supposé père, Falko, l'a promu de serviteur kobold à elfe noir, faisant ainsi de lui son digne successeur.

— Il ressemble beaucoup à votre père, ajoute Reivax en s'attardant sur les traits figés du jeune sylphor. Il a le même visage crapuleux, la même perfidie dans le regard.

— Je n'ai pas de père, répond froidement Arielle. Je n'en ai jamais eu. Et je n'ai pas de frère non plus.

— Une pauvre orpheline alors ? Comme c'est triste…

Reivax se met à rire. Il est imité par Ael et le corbeau animalter qui les ont rejoints dans la bibliothèque.

– Alors, fait Reivax après avoir repris son sérieux, si vous me disiez pourquoi vous êtes venus?

C'est Noah qui prend le premier la parole:

– Nous avons besoin du *Danaïde*.

Reivax ne peut cacher sa surprise.

– Quoi? Le *Danaïde*? Mais comment pouvez-vous être au courant de?…

Les traits du vieil alter passent soudain de la stupéfaction à la méfiance.

– Qui es-tu? Tu ressembles à Yvan, l'oncle d'Arielle, mais…

Noah s'avance vers Reivax afin que celui-ci puisse bien voir son visage.

– C'est moi, Noah Davidoff. Je suis revenu de l'Helheim.

Reivax secoue la tête, incapable d'y croire.

– Tu as échappé à Hel et à Loki? Comment as-tu réussi?

– Mes amis sont venus me chercher là-bas. Ils ont bu l'eau de la fontaine du voyage, qui se trouve dans la fosse nécrophage d'Orfraie, et ont été transportés vers l'Helheim. Comme vous le savez, l'Evathfell est l'un des rares passages permettant aux vivants de voyager à travers les neuf royaumes.

Le vieil homme observe Noah en silence. Il ne semble pas comprendre ce qu'il attend de lui.

– Je souhaite emprunter le *Danaïde* pour me rendre à la fosse, explique enfin Noah.

– Pourquoi je vous aiderais ?

– Parce que si vous le faites, vous récupérerez votre bien le plus précieux.

– Mon bien le plus précieux ? répète Reivax, intrigué.

– Votre petit-fils, explique Noah. Si vous nous aidez, mes amis feront tout ce qui est en leur pouvoir pour ramener Nomis avec eux lorsqu'ils reviendront de l'Helheim.

Cette fois, c'est Reivax qui s'avance promptement vers Noah. Son intérêt est plus qu'évident.

– Tu veux dire qu'il se trouve là-bas, lui aussi ?

Nomis, alter de Simon Vanesse et petit-fils de Reivax, devait devenir le prochain maître de Bombyx, c'est-à-dire le successeur de Reivax. C'était avant que Falko ne mette fin aux espoirs du vieil alter en assassinant Nomis, son protégé chéri, au cours des derniers affrontements entre sylphors et alters.

– Oui, il est bien là, répond Noah. Loki lui-même l'a recruté pour faire partie de sa garde personnelle.

– Et tu es certain de pouvoir le ramener ?

– S'il le désire, tout à fait.

Reivax prend un air songeur et fait quelques pas tout en réfléchissant.

– C'est d'accord, annonce-t-il finalement. Tu peux prendre le *Danaïde*.

– Vous devrez aussi contacter Jorkane, ajoute Noah, et la prévenir de notre arrivée.

– Qui est Jorkane ? demande Geri.

– Une nécromancienne, dit Noah. Elle vit dans la fosse en permanence.

– Je croyais que les nécromanciennes étaient les alliées des elfes noirs ?

– Elles le sont, confirme Noah. Enfin… presque toutes. Celle-ci travaille pour les alters.

– Une sorte d'espion ?

Noah acquiesce d'un signe de tête.

– Je lui ferai parvenir un message, déclare Reivax. Elle vous fera entrer dans la fosse sans éveiller les soupçons des elfes.

– Ce n'est pas tout, poursuit Noah qui n'en a pas terminé avec ses requêtes : l'entrée de l'Helheim est gardée par deux bêtes monstrueuses : Garm, le chien vorace, et Modgud, la fée ténébreuse. Ils n'accordent audience qu'aux démons alters, c'est pourquoi l'un d'entre vous devra nous accompagner.

Ael et le corbeau animalter échangent un regard. Qui sera l'heureux élu ?

– Ael, tu pars avec eux, ordonne Reivax.

– Moi ? fait la principale intéressée. Mais… pourquoi ?

– Nomis a confiance en toi, explique Reivax. Il acceptera plus facilement de quitter son poste auprès des dieux et de revenir parmi les vivants si c'est toi qui le lui demandes. C'est ta mission, tu m'entends : ramener Nomis. Et n'échoue surtout pas.

– Maître, je vous assure que je ne suis pas la seule qui…

– Ça suffit ! C'est toi que j'ai désignée.

Brutal adresse un large sourire à la jeune alter : « Bienvenue dans la bande, chérie ! »

3

Ils descendent tous au rez-de-chaussée et traversent un long couloir qui les mène à l'arrière du manoir.

Une fois à l'extérieur, Reivax les invite à le suivre jusqu'à un petit pavillon situé tout au bout de la terrasse. Le bâtiment est entièrement vitré et surplombe les jardins.

– Lumière! lance le maître de Bombyx en entrant dans le pavillon.

D'immenses projecteurs s'allument alors et éclairent l'étendue des jardins. Arielle remarque la fontaine en forme de papillon qui trône au milieu du bassin principal. C'est à cet endroit que Falko a été tué quelques jours plus tôt.

– Tu as déjà piloté le *Danaïde*? demande Reivax à Noah.

– Oui, avec Nomis.

– Très bien. Je devais m'en assurer.

Sur l'un des murs, il y a un dessin de papillon, identique à celui de la chambre d'Arielle qui lui permet d'avoir accès à son placard secret.

Reivax appuie sur le papillon. Un petit panneau recouvert de boutons-poussoirs ainsi qu'une plaque en forme de main apparaissent aussitôt sous le dessin. Le vieil alter appuie sur les boutons, puis pose une main sur la plaque : « *Identification confirmée. Plate-forme* Danaïde *déverrouillée* », annonce une voix électronique. Un bruit ressemblant à un puissant grognement se fait alors entendre et le sol se met à trembler.

Le regard d'Arielle est attiré par la fontaine qui commence à bouger. L'imposante structure de pierre fait un tour sur elle-même, puis s'enfonce lentement au milieu du bassin.

– Qu'est-ce qui se passe ? demande la jeune fille.

Personne ne répond. Le spectacle parle de lui-même : une fois que la fontaine a complètement disparu, le bassin se vide de son eau, puis se sépare en deux parties égales. Il n'est pas le seul à se scinder ainsi ; c'est tout le jardin qui se divise sous leurs yeux. Une ligne droite se dessine au milieu du terrain. Il s'agit d'une ouverture dans le sol, qui s'élargit à mesure que les deux moitiés du jardin s'éloignent l'une de l'autre, comme deux énormes plaques coulissantes. Un second grognement retentit lorsqu'une plate-forme de la taille d'un parc de stationnement émerge de l'ouverture. Sur la plate-forme, Arielle aperçoit un engin qui ressemble à un petit jet.

– Une plate-forme de lancement cachée sous les jardins, dit Freki. Fallait y penser !

– Clairement inspiré des Sentinelles de l'air, rétorque Brutal. Peut-être même des X-Men.

L'avion est long et plat. Il possède une voilure à géométrie variable, ce qui signifie que ses ailes peuvent se déployer ou se resserrer au besoin.

– Voici le *Danaïde*, annonce Reivax. L'avion de transport le plus rapide de tout le continent.

– On dirait le *Concorde*, dit Arielle, mais en plus petit.

– Il peut transporter jusqu'à dix personnes, précise le vieil homme. Et il est indétectable par les radars.

– Comment avez-vous fait pour fabriquer cet engin ? demande Freki.

– Les alters sont présents partout... même dans les laboratoires top secret de la U.S. Air Force.

Les paroles de l'alter font sourire Brutal.

– Si vous disposez d'une telle technologie, comment se fait-il que vous n'ayez pas encore réussi à éradiquer les elfes noirs ?

– La technologie peut vous aider à faire la guerre, répond Reivax, mais elle ne vous garantit pas la victoire. Tous les grands empires l'ont appris à leurs dépens.

Brutal acquiesce avec une déférence feinte :

– J'en prends bonne note, Napoléon.

– Il est temps de partir maintenant, intervient Noah. Une fois à l'intérieur de la fosse, nous aurons tout le temps voulu pour trouver et libérer le chevalier fulgur ainsi que la mère d'Arielle. Les elfes ont créé sous terre un environnement nocturne, qui reproduit chacune des caractéristiques propres à la nuit. Cela permet aux elfes, mais aussi aux alters, de conserver leurs pouvoirs de jour comme de nuit. Il est actuellement 21 heures, ajoute-t-il en regardant sa montre. Avec le *Danaïde*, nous serons là-bas en moins d'une heure. Arrivée prévue donc à 4 heures du matin, heure de Bretagne. Ça devrait nous laisser suffisamment de temps pour nous introduire dans la fosse et terminer notre mission.

– Tout le monde est prêt? demande Geri en fidèle bras droit de Noah. Alors, allons-y!

Alors qu'ils marchent tous vers la plate-forme, Arielle prend son cellulaire dans sa poche et compose le numéro de Rose.

– Rose, c'est Arielle, dit-elle lorsque son amie répond.

– Arielle? Tout va bien?

– Écoute-moi, j'ai un service à te demander.

– Laisse-moi deviner: tu veux que j'emprunte une machette et que je t'aide à découper des elfes?

– C'est sérieux, Rose.

– Si ça veut dire combattre les forces du mal, oublie ça! Émile et moi, on a déjà donné.

– J'ai promis à Elizabeth que j'irais lui rendre visite demain matin à l'hôpital, explique Arielle. Tu crois que tu pourrais y aller à ma place?

Elizabeth était toujours en observation à l'hôpital. Emmanuel, le frère d'Arielle, avait mis sa vie en danger quelques jours plus tôt en décidant de la transformer en serviteur kobold. Grâce à de puissants antibiotiques, Elizabeth redevenait lentement humaine. Les médecins ne comprenaient pas ce qui lui était arrivé et tous ceux qui étaient au courant de la véritable histoire avaient prêté serment de ne rien dire.

— Qu'est-ce qui t'empêche d'y aller ? demande Rose.

— Je dois quitter la ville pour quelques heures, et j'ai peur de ne pas être de retour à temps.

Moment de silence.

— Tout va bien, Arielle ? J'ai l'impression que tu me caches quelque chose.

— Tout va bien, Rose, t'en fais pas.

— Juré ?

— Juré.

— D'accord, j'irai voir Eli.

— C'est gentil ! Allez, on se reparle demain soir.

Arielle met fin à la communication.

Une fois sur la plate-forme, la jeune fille et ses compagnons se dirigent vers un petit escalier rétractable qui leur permet de grimper à bord de l'appareil. Ael et Noah sont les derniers à monter. Reivax les interpelle de la plate-forme, juste avant qu'ils ne disparaissent à l'intérieur du *Danaïde*.

— N'oubliez pas, leur lance-t-il, vous devez me ramener Nomis !

Ael et Noah hochent la tête en silence, puis pénètrent dans l'appareil. Noah active le mécanisme de fermeture de la porte, qui s'abaisse lentement derrière lui pendant qu'il rejoint les autres. La cabine comprend un poste de pilotage ainsi que deux rangées de quatre sièges, séparées par un étroit couloir. Les passagers ont déjà pris place. Geri occupe le siège du copilote. Immédiatement derrière se trouvent Arielle et Brutal. Ael et

Freki ont choisi le troisième et le quatrième siège. Quatre places restent libres à l'arrière de la cabine.

Noah traverse la cabine, puis s'installe aux commandes de l'appareil. Il appuie sur un bouton du tableau de bord, ce qui libère les masques à oxygène au-dessus des sièges.

– Vous devez porter ces masques, dit-il.

L'intérieur de la cabine a été conçu de façon à éviter aux passagers les désagréments des vols hypersoniques, leur explique-t-il, mais il arrive parfois que certaines personnes ne tiennent pas le coup et perdent connaissance.

– Si ça vous arrive, ne vous inquiétez pas: vous vous réveillerez à la fin du voyage.

– Que se passe-t-il si c'est le pilote qui tombe dans les pommes? demande Brutal.

Noah répond que c'est le copilote qui prend alors la relève. Et s'il flanche à son tour, eh bien, c'est le *Danaïde* qui devra les mener à bon port; il est équipé d'un pilote automatique intelligent, capable de faire atterrir l'appareil en cas d'urgence.

– Un pilote automatique intelligent? répète Brutal. Super! Je suis parfaitement rassuré maintenant!

Noah appuie sur une série de boutons. Les moteurs de l'appareil se mettent aussitôt à vrombir.

– Bouclez vos ceintures, ordonne-t-il. Nous effectuerons un décollage à la verticale.

Geri se tourne vers Brutal:

– Tu es prêt pour la randonnée de ta vie, gros minet?

– T'en fais pas pour moi, Jappy Toutou.

Le *Danaïde* quitte le sol dès l'instant où Noah appuie sur les manettes de poussée qui se trouvent au centre du pupitre de commande. Arielle voit que l'appareil s'élève lentement dans les airs grâce à un petit hublot situé à sa gauche.

– Cette fois, ça y est! lance Freki qui occupe le siège derrière Arielle. On est en route pour l'aventure!

– Je suis le seul que ça n'excite pas? demande Brutal avec lassitude.

Le *Danaïde* demeure instable pendant toute la montée; il tangue de l'avant vers l'arrière, puis roule de gauche à droite, comme un bateau remué par les vagues. Ce n'est qu'au terme de son ascension qu'il finit par se stabiliser.

– Tu trembles, l'orangeade, fait remarquer Ael qui est assise de biais par rapport à Arielle. Faut te montrer courageuse, ma vieille.

Arielle serre les poings, furieuse d'avoir laissé transparaître sa nervosité.

– Parce que, du courage, il t'en faudra pour réaliser la prophétie, poursuit Ael. Noah, es-tu bien certain qu'Arielle est la seconde élue? Vous auriez pu avoir mieux, non?

Avoir mieux? Arielle se rappelle les paroles de son alter, Elleira: «*Les anciens prétendent qu'on n'a jamais vu plus belle alter que moi, mais c'est à toi qu'appartient ce corps d'alter dorénavant.*» Pour se rassurer, la jeune fille baisse la tête et examine son corps d'alter. Il est effectivement magnifique; elle n'a donc rien à envier à Ael.

– Tu te considères peut-être comme la reine de l'école, l'agacée, déclare Arielle, mais ici, t'es juste un petit démon alter comme les autres.

– C'est Léa, la reine de l'école, répond Ael avec un air de défi. Moi, je suis Ael, son alter, et je suis la reine de la nuit!

– T'es la reine de rien du tout! rétorque Arielle.

– Mieux vaut être la reine de rien du tout que la reine des petites rousses trapues et obèses!

– Tu vois une petite rousse trapue et obèse ici?

– Enlève ton médaillon, mademoiselle Swan, et on en verra une!

– Ça suffit maintenant! les réprimande Noah sur un ton sévère.

Il exige que les deux filles se taisent et enfilent leur masque à oxygène. Cette intervention de Noah a surpris Arielle, mais l'a aussi blessée. *Il me traite comme une enfant,* se dit-elle. *Il me traite comme… sa nièce. C'est comme ça qu'il me voit maintenant: comme sa nièce.* Elle se demande où est passé le Noah qui était amoureux d'elle, celui qui était jaloux de Simon et d'Emmanuel et qui l'a défendue contre tous ceux qui voulaient lui faire du mal.

« C'est peut-être toi qui es amoureux de moi, après tout! » lui a-t-elle dit dans la chambre du motel Apollon il y a quelques jours. Noah s'est rapproché d'elle et a confirmé ses dires: « Oui, je le suis. »

Arielle ne reverra plus jamais le garçon qui a prononcé ces paroles, et c'est avec une profonde tristesse qu'elle le réalise. Au fil des années, le sentiment amoureux que Noah a éprouvé pour elle s'est transformé en sentiment paternel. En la voyant grandir, il a cessé d'être Noah Davidoff pour devenir réellement l'oncle Yvan. Pour Arielle, c'est comme s'il était mort une seconde fois. « Un jour ou l'autre, j'aurais fini par tomber amoureuse de toi, Noah Davidoff, est-ce que tu le sais ? » C'est ce qu'elle a dit au jeune Noah avant que celui-ci quitte le monde des vivants pour l'Helheim. *Mais maintenant il est trop tard*, songe-t-elle. *Ça n'arrivera jamais.*

Sentant venir les larmes, elle détourne la tête pour éviter le regard des autres. Elle agrippe le masque au-dessus d'elle et le met en silence.

4

*Noah pousse à fond les moteurs
de l'appareil.*

La vitesse d'accélération force les passagers
à s'enfoncer dans leur siège. Arielle jette un
bref coup d'œil à l'extérieur du *Danaïde* mais le
paysage défile trop vite pour qu'elle ait le temps
de discerner quoi que ce soit – à part peut-être
une concentration de points lumineux qu'elle
devine être les lumières de Belle-de-Jour. Les
petits points scintillent pendant une fraction de
seconde avant d'être complètement voilés par
un épais nuage. La lune surgit un instant dans
le hublot, puis disparaît dès le moment où le
Danaïde passe dans un second nuage.

Tous les passagers se portent bien, tous sauf
Arielle: malgré le masque, elle a l'impression
de manquer d'oxygène. Sa tête se renverse vers
l'arrière et ses paupières s'alourdissent. Elle
lutte pour rester éveillée, en vain. La dernière
chose qu'elle perçoit avant de sombrer dans
l'inconscience, c'est une légère secousse et la
voix de Noah annonçant que le mur du son a

été franchi et que l'océan Atlantique se trouvera bientôt en dessous d'eux.

Lorsqu'elle ouvre les yeux, Arielle comprend qu'elle n'est plus à bord du *Danaïde*. Elle se trouve à l'extérieur, au milieu d'un chemin de terre situé en pleine forêt. Une brise légère caresse sa peau. Il fait chaud, c'est l'été. La lune brille au-dessus d'elle et non plus à travers un hublot. Arielle est incapable d'expliquer pourquoi, mais elle sait exactement où elle se trouve. L'année: 1627. L'endroit: au nord de La Rochelle, en France.

Le silence de la nuit est soudain remplacé par un étrange bruit répétitif. Il provient d'un peu plus loin sur le chemin. On dirait des chevaux qui galopent. Arielle relève la tête et voit deux formes sombres qui foncent droit sur elle. Elle ne s'était pas trompée: il s'agit bien de chevaux. Ils sont tous deux montés par des cavaliers qui les cravachent sans relâche.

– Allez, hue! répète l'un des cavaliers. Hue! hue!

Arielle s'écarte au dernier moment et parvient de justesse à éviter les chevaux. Le premier cavalier continue sa course sans s'arrêter, contrairement au second qui oblige sa monture à ralentir dès qu'il aperçoit Arielle. Il fait demi-tour, revient vers elle à toute allure puis s'immobilise enfin à sa hauteur.

– Arielle, c'est toi? lui demande le cavalier d'une voix légèrement féminine.

L'adolescente ne réussit pas à voir le visage du cavalier, car il est caché par un chapeau de feutre aux larges rebords, mais reconnaît ses vêtements pour en avoir déjà vu des semblables à la télévision : il est vêtu d'une chemise blanche aux manches bouffantes et d'un gilet de cuir. Aux mains, il porte des gantelets, et aux pieds, de longues bottes à revers. À son ceinturon pendent deux pistolets et une magnifique rapière, mais ce qu'Arielle remarque le plus, c'est sa casaque azur de mousquetaire sur laquelle est brodée une croix d'argent galonnée d'or.

— N'aie pas peur, lui dit le mousquetaire. On fait partie de la même famille toutes les deux.

D'un mouvement gracieux, le mousquetaire retire son chapeau. Dès qu'elle distingue son visage, Arielle comprend qu'il s'agit non pas d'un homme, mais d'une jeune femme. Elle paraît avoir seize ou dix-sept ans et ressemble beaucoup à Arielle, on dirait presque une jumelle.

— Je suis Annabelle, déclare la jeune fille. Comme toi, je fais partie de la lignée des Queen.

Alors, voici une autre de mes ancêtres, se dit Arielle tout en songeant à Abigaël, sa grand-mère, et à leur récente rencontre.

— Tu es l'élue de ton époque ? demande-t-elle à la jeune mousquetaire en se souvenant que chaque génération d'alters produit un couple d'élus.

— En effet ! confirme Annabelle d'un air complice. Allez, viens, on ne peut pas rester ici. Nous devons rejoindre sans tarder l'auberge du Bon-Puits. J'ai demandé plus tôt aux Nornes de l'Asgard de me mettre en contact avec toi, mais je ne me doutais pas qu'elles le feraient pendant notre fuite. Les gardes du cardinal nous poursuivent depuis La Rochelle. Ils ne semblent pas apprécier que nous ayons porté assistance à d'Artagnan.

– Tu connais d'Artagnan?

– Un pour tous et tous pour un! répond Annabelle. Évidemment que je connais le beau d'Artagnan!

La jeune mousquetaire tend la main à Arielle.

– Allez, grimpe sur mon cheval!

Aidée de son ancêtre, Arielle réussit à se hisser sur la monture. Pendant qu'elle prend place derrière Annabelle, le second cavalier revient vers elles. Impossible de se méprendre: c'est bel et bien un homme cette fois.

– Roman Davidoff, pour vous servir! se présente-t-il.

Les traits du jeune homme sont identiques à ceux de Noah. Il fait sans doute partie de la lignée des Davidoff, comme son nom l'indique.

– Dépêchons-nous, leur dit Roman. L'auberge du Bon-Puits n'est plus très loin. Des membres de la fraternité de Mjölnir nous attendent là-bas. Ils retarderont les gardes du cardinal pendant notre fuite.

– Plusieurs gardes du cardinal sont des alters, explique Annabelle alors que, d'un coup de cravache, elle commande à son cheval de reprendre la course. Le cardinal de Richelieu est lui-même un alter, sans doute le plus dangereux de l'histoire.

Ils galopent à grande vitesse au centre du chemin de terre. Arielle s'agrippe fermement à son aïeule. Roman les suit de près sur sa monture.

– Si je t'ai fait venir, crie Annabelle tout en dirigeant habilement le cheval, c'est pour te parler du *vade-mecum* des Queen.

– Ma grand-mère y a fait allusion, répond Arielle. Elle a dit que je devais le retrouver.

– Tu sais où il se trouve?

– Non, mais il y a un homme qui le sait: un chevalier fulgur nommé Jason Thorn. Il est retenu prisonnier par les elfes noirs. Abigaël a dit que je devais l'aider à s'échapper.

– Tu peux faire confiance à ta grand-mère, affirme Annabelle. Le *vade-mecum* contient tout ce que tu dois savoir au sujet de notre lignée et de la prophétie. Il te permettra aussi d'invoquer tes ancêtres en cas de besoin. Si tu es en possession du livre et que tu prononces le nom d'une Queen, celle-ci se matérialisera auprès de toi et pourra t'assister pendant un certain temps. Tu constateras également que chaque nouvelle élue peut recourir aux pouvoirs de celles qui sont venues avant elle. Si besoin est, je pourrais te transmettre mon talent pour manier l'épée. De ta grand-mère, tu pourrais recevoir la ruse et le courage. Et des autres…

– Annabelle! Ils arrivent! les prévient Roman qui se trouve toujours derrière elles.

Arielle jette un coup d'œil par-dessus son épaule et aperçoit une douzaine de cavaliers noirs qui émergent d'une courbe.

– Leurs chevaux sont plus rapides que les nôtres ! s'écrie Roman. Ils vont bientôt nous rattraper !

– Tu dois retourner à ton époque, dit Annabelle à sa compagne. Roman et moi allons nous occuper d'eux.

– Mais je veux vous aider ! proteste Arielle.

– La meilleure façon de nous aider est de retourner là-bas saine et sauve. C'est Noah et toi qui nous débarrasserez un jour de tous ces démons, Arielle.

Annabelle immobilise brusquement son cheval. Roman fait de même. Arielle fixe son regard sur les cavaliers noirs qui se rapprochent dangereusement.

– Les cénobites sont ici ! lance Annabelle en se tournant vers Roman. Je sens leur présence.

Elle glisse deux doigts dans sa bouche et émet un puissant sifflement. *C'est un signal*, se dit Arielle. Mais à qui s'adresse-t-il ? Elle ne tarde pas à le savoir : un groupe d'hommes émerge de la forêt dès que le sifflement retentit. Chacun d'eux est vêtu d'une robe de moine et porte d'épais gantelets de fer qui montent jusqu'aux avant-bras. Très vite, les hommes retirent leur capuche et lèvent les bras au-dessus de leur tête. Dans leurs mains gantées, ils tiennent des objets brillants qui ressemblent à des marteaux.

– Ce sont des cénobites de la fraternité de Mjölnir, explique Annabelle. À ton époque, ils sont connus sous le nom de chevaliers fulgurs. Ils nous avaient donné rendez-vous à l'auberge du Bon-Puits. C'est une chance qu'ils aient décidé de venir à notre rencontre !

Les cavaliers noirs seront bientôt sur eux. Annabelle ordonne à Arielle de descendre de cheval et de se mettre à l'abri dans la forêt.

– N'oublie pas, dit Annabelle, Noah et toi devez rester unis à jamais !

– J'ai perdu Noah pour toujours, lui répond Arielle. Il ne reviendra pas avec moi de l'Helheim.

– La prophétie est claire à ce sujet : lorsque les alters et les sylphors seront anéantis, le royaume des morts accueillera dans sa citadelle les deux élus qui auront libéré Midgard. Ensemble, ils combattront les ténèbres et conquerront l'Helheim. Noah doit revenir avec toi, Arielle. Sans lui, nous sommes tous perdus. Ne le laisse pas devenir ce qu'il n'est pas. C'est votre amour qui nous sauvera tous ! Allez, va maintenant !

Les gardes du cardinal ne sont plus qu'à quelques mètres. D'un même mouvement, ils dégainent leurs épées. Arielle reconnaît immédiatement l'éclat bleuté des lames fantômes. À leur tour, Annabelle et Roman sortent leurs armes et se préparent à affronter les gardes.

– Allez, approchez ! leur crie Annabelle sur un ton de défi. Vous constaterez qu'il y a encore plus agile que les trois mousquetaires !

Arielle observe la scène, tout en se dirigeant à reculons vers le bois. Les premières attaques sont portées par les gardes. Ils sont plus nombreux et Arielle doute qu'Annabelle et Roman puissent leur résister bien longtemps, mais c'est avant que n'interviennent les cénobites : « Notre maître est tonnerre ! Nous sommes ses éclairs ! » clament-ils d'une seule voix avant de lancer leurs marteaux en direction des gardes. Les marteaux se mettent à tournoyer au-dessus de la mêlée, comme s'ils étaient doués d'une vie propre, puis s'abattent sur leurs cibles. Chaque marteau frappe la tête d'un garde, puis revient dans la main de son propriétaire. Le manège se répète à un rythme effréné : les marteaux sont lancés, atteignent violemment les gardes, puis sont récupérés par les cénobites qui les relancent aussitôt. Les gardes se servent de leur épée pour balayer l'espace au-dessus d'eux, espérant réussir à interrompre le tourbillon meurtrier, mais l'exercice est vain : ils sont incapables de contrer les attaques répétées des marteaux. Annabelle et Roman font reculer leurs chevaux pour les éloigner des gardes ; ils n'ont même plus à engager le combat, les cénobites contrôlent parfaitement la situation.

Arielle suit la bataille depuis la forêt, mais sent qu'elle devra bientôt quitter cet endroit. Les étourdissements ont débuté et ses paupières se font de plus en plus lourdes. Inutile de résister, se dit-elle, car, dans les prochaines secondes, elle perdra connaissance et se réveillera plusieurs siècles plus tard, comme il se doit, dans le *Danaïde*, en compagnie de ses amis. Elle retrouvera son époque, mais aussi sa quête, celle qui revient à tous les élus de la prophétie, quel que soit l'endroit ou le moment où ils vivent.

Arielle n'est pas la seule à savoir que son départ est imminent ; Annabelle le sait aussi. Du haut de son cheval, elle se tourne vers Arielle et la salue d'un signe de la main. Celle-ci lui répond par un sourire. «On se reverra», lit-elle sur les lèvres de son ancêtre avant de fermer les yeux et de se laisser emporter par les flots tranquilles du temps.

5

La première chose que voit Arielle en ouvrant les yeux est le gros visage poilu de Brutal.

— Ça va, maîtresse ? lui demande-t-il tout en lui retirant son masque à oxygène.

Arielle relève lentement la tête. Ils se sont tous regroupés autour d'elle : Brutal, Geri, Freki et Noah. Seule Ael demeure en retrait. Elle est toujours assise sur son siège, les jambes croisées.

— Tu as ronflé pendant tout le voyage, lui dit la jeune alter. La prochaine fois, vas-y mollo sur les Gravol.

— Où sommes-nous ? demande Arielle.

— Nous sommes arrivés à destination, lui répond Noah. J'ai posé le *Danaïde* il y a quelques instants à peine.

— Nous avons traversé l'océan ?

— En un peu moins de cinquante-cinq minutes. Un record.

Noah aide Arielle à se lever. Elle est encore étourdie, mais arrive tout de même à se tenir sur ses jambes.

— Vous avez vérifié votre équipement? demande Geri.

Comme tous les autres, Arielle s'assure que son épée fantôme et ses injecteurs acidus sont bien en place.

— Alors, on peut y aller, fait Geri en voyant que tout le monde est prêt.

Ils traversent la cabine à la file indienne et se rendent jusqu'à la porte. L'escalier rétractable se déploie dès que Noah active le mécanisme d'ouverture.

— On est en avance sur l'horaire, les informe-t-il alors qu'ils descendent de l'appareil. Ce qui n'est pas une mauvaise chose.

Noah a fait atterrir le *Danaïde* au centre d'une clairière. Il fait toujours nuit. La seule source de lumière provient de la lune.

— C'est là-bas que nous devons nous rendre, déclare Noah en montrant une petite colline située à l'est.

Grâce à leur vision nocturne, Arielle et les autres alters arrivent à distinguer la petite élévation désignée par Noah. Selon leur évaluation, elle se trouve à au moins une heure de marche. Sur son sommet dénudé s'élève une ancienne construction fortifiée.

— Le château d'Orfraie, dit Geri.

Le bâtiment ressemble effectivement à un château: une tour se dresse à chaque angle de l'enceinte, laquelle est formée de remparts surmontés de mâchicoulis où se succèdent créneaux et meurtrières. On peut également apercevoir le toit à quatre versants de la chapelle ainsi que l'imposant donjon qui surplombe l'ensemble de la structure.

– C'est là que se trouve l'entrée de la fosse? demande Brutal.

Noah répond par l'affirmative:

– Et c'est aussi là que nous attend Jorkane.

– Il faudra nous y rendre à tire-d'aile? l'interroge Freki.

– Survoler la forêt est le meilleur moyen, explique Noah. Ça nous permettra de voyager plus vite. Geri, tu te sens assez fort pour me prendre sur ton dos?

– Évidemment, patron.

Ils se préparent tous à prendre leur envol. Brutal se rapproche d'Arielle.

– Ça va aller, maîtresse? Tu te souviens comment faire?

– Arrête de m'appeler «maîtresse»! lui ordonne Arielle. Je déteste ça!

Une seule poussée suffit aux deux dobermans pour quitter le sol. Arielle ne peut détacher ses yeux de Noah, qui est solidement accroché au dos de Geri. La voix d'Annabelle résonne alors dans son esprit: «Sans lui, nous sommes tous perdus. Ne le laisse pas devenir ce qu'il n'est pas. C'est votre amour qui nous sauvera tous!» La jeune fille a beau se répéter encore et encore les paroles de son ancêtre, elle ne comprend toujours pas. *C'est notre amour qui les sauvera tous?* Mais comment un amour qui n'existe pas encore pourrait sauver l'humanité?

D'un mouvement brusque, Arielle repousse les pans de son manteau et se laisse traverser par le vent. Celui-ci a tôt fait de la soulever et de l'emporter vers la forêt. Brutal et Ael observent sa progression pendant un moment avant de s'envoler à leur tour.

●● ☾ ●●

La colline est atteinte en peu de temps. Les uns après les autres, ils se posent en douceur et se mettent à l'abri derrière les buissons qui bordent le rempart ouest.

— Il y a des gardes sylphors là-haut, dit Ael en désignant l'extrémité des remparts.

Arielle lève la tête et constate que la jeune alter a raison : plusieurs elfes noirs sont visibles entre les créneaux. Ils sont postés à divers endroits stratégiques sur les chemins de ronde.

— On est censé entrer dans le château sans alerter les gardes ? demande Brutal.

Ael semble tout aussi sceptique :

— À moins de creuser un tunnel, je ne vois pas comment on va y arriver.

— Faites-moi confiance, répond Noah. Il y a un passage secret situé tout près de cette tour, là-bas. Vous voyez ?

Il leur indique un endroit dans la muraille où les pierres sont plus foncées qu'ailleurs.

— C'est une porte secrète. Elle donne sur un escalier qui conduit aux caves du château. Si Reivax a contacté Jorkane, comme convenu, alors elle a probablement déverrouillé le passage et nous attend en bas de l'escalier, pas très loin d'une entrée secondaire de la fosse.

— J'y vais, lance Geri. Patron, tu t'occupes de mon uniforme ?

Noah acquiesce, puis ajoute à l'attention de l'animalter : ·

— Tu trouveras une petite pierre de forme triangulaire à droite de la porte. Il te suffit d'appuyer dessus pour libérer le passage.

Geri n'a besoin que de quelques secondes pour se métamorphoser en chien. Sitôt fait, il s'extirpe de ses vêtements, devenus trop grands pour lui, et fonce à toute allure vers la muraille. Son pelage noir de doberman lui évite d'être repéré par les gardes. Une fois qu'il a atteint la porte secrète, il lève la patte et appuie sur la pierre triangulaire. Le passage évoqué par Noah apparaît aussitôt dans la muraille.

Noah revêt le manteau de Geri et se tourne vers les autres.

— Tout ira bien, vous verrez. La couleur noire des uniformes alters nous servira de camouflage.

Il s'élance le premier, suivi d'Ael et de Freki. Vient ensuite Arielle. Brutal attend que sa maîtresse ait rejoint les autres avant de foncer à son tour vers la muraille. Noah avait raison : grâce à leurs vêtements sombres, ils réussissent à atteindre la porte secrète sans attirer l'attention des gardes.

— Descendez, vite ! ordonne Noah en leur indiquant l'escalier qui mène sous le château.

Ils s'y engagent chacun leur tour. L'escalier débouche sur un passage étroit, qui conduit à une petite salle froide et humide. L'éclairage provient de petits projecteurs disposés à intervalles réguliers sur l'un des murs de pierre.

— Des projecteurs lunaires, explique Noah. Les elfes s'en servent surtout le jour, pour recréer un environnement nocturne dans la fosse.

— Ici, c'est toujours la nuit, ajoute Freki, même quand le soleil brille à l'extérieur.

Geri est le dernier à sortir du passage. Il reprend son apparence humaine dès qu'il pénètre dans la salle. Pour des raisons évidentes, Noah et Freki s'empressent de lui lancer ses vêtements.

— Étonnant que ce passage ne soit pas gardé en permanence, fait remarquer Geri tout en enfilant son pantalon.

— Ce qui est étonnant, c'est que vous ayez réussi à vous rendre jusqu'ici sans vous faire tuer! déclare une voix qui leur est inconnue.

Ils tournent tous leur regard vers le seul endroit de la salle qui demeure plongé dans l'obscurité. C'est de là qu'est venue la voix. Une petite silhouette émerge alors de la pénombre et se dirige vers eux.

— J'ai éloigné les elfes pour quelques minutes, poursuit la voix. D'ordinaire, ils ne laissent jamais cet endroit sans surveillance.

Le rayon d'un projecteur lunaire éclaire le visage du nouvel arrivant. Il s'agit d'une femme. Elle est petite, jeune et très jolie. Elle est vêtue d'une combinaison moulante de couleur grise et porte un ceinturon semblable à celui des alters où sont accrochés des petits flacons transparents.

— Comment tu as fait ça? demande Noah tout en s'avançant vers elle. Tu as utilisé un sort?

— Il y a de meilleures façons? répond la jeune femme en levant les yeux vers Noah.

Elle hésite un moment, puis demande :

– Qui es-tu ? J'ai l'impression de te connaître.

– Je suis Noah Davidoff.

– Mais bien sûr ! s'exclame la femme en examinant la joue droite du vieux Noah. Comment ne pas reconnaître cette cicatrice ! Mais qu'est-ce qui t'est arrivé, mon pauvre Noah ? On dirait que tu as pris vingt ans. Tu as refusé les avances d'une autre nécromancienne et elle t'a jeté un sort de vieillissement ?

Ses propos surprennent Arielle : elle a bien dit que Noah aurait refusé les avances d'une *autre* nécromancienne ? Il y en aurait donc plus d'une qui se serait intéressée à lui ?

– Ça n'a rien à voir avec la magie, répond Noah.

– Magie ou pas, dit la jeune femme avec un sourire aguicheur, ces tempes grisonnantes et ces petites rides au coin des yeux te rendent encore plus attirant.

Noah sourit, puis s'adresse à ses compagnons :

– Voici Jorkane. C'est la nécromancienne dont je vous ai parlé. Elle a réussi à infiltrer les clans de sylphors de l'Ancien Monde pour le compte des alters. C'est elle qui nous aidera à entrer dans la fosse.

Jorkane se rapproche lentement de Noah. Arielle n'aime pas cette femme. Elle ne peut s'empêcher de faire une moue de dédain en observant sa démarche langoureuse. Noah semble ne faire aucun cas de ces manœuvres qui visent à le séduire. Sans réfléchir, poussée par une sorte d'instinct du territoire, Arielle s'interpose entre eux.

– OK, ça suffit, l'enjôleuse, lance-t-elle tout en adressant un regard impitoyable à la jeune nécromancienne. Où est ma mère?

Le sourire sur le visage de Jorkane disparaît. Elle relève un sourcil interrogateur, puis se tourne vers Noah.

– Qui c'est, celle-là?

– «Celle-là», c'est la seconde élue, réplique Arielle sur un ton tranchant.

– La seconde élue? répète Jorkane, à la fois surprise et amusée.

Elle regarde Arielle de la tête aux pieds, puis ajoute:

– C'est de *ça* que Noah doit tomber amoureux? (Elle marque une pause.) Franchement, je m'attendais à mieux…

Arielle ne s'offusque pas de ces paroles acerbes qui ne sont motivées que par la jalousie, elle en est convaincue.

– Tout le monde s'attendait à mieux, Jorkie! intervient Ael. J'arrête pas de le répéter!

La nécromancienne cesse brusquement de fixer Arielle et relève la tête.

– Ael? fait-elle en apercevant l'alter de Léa Lagacé près de l'escalier. Ael, c'est bien toi?

Jorkane et Ael se jettent dans les bras l'une de l'autre, comme deux vieilles copines qui se retrouvent après une longue séparation. *Pas étonnant qu'elles soient amies,* songe Arielle. *Elles ont tout pour s'entendre, ces deux chipies!*

Brutal n'hésite pas un seul instant à séparer les deux jeunes filles.

— Vous célébrerez vos retrouvailles plus tard, leur dit-il.

Il s'adresse ensuite à Jorkane:

— Ma maîtresse t'a posé une question, sorcière. Elle veut savoir où est sa mère. Alors?

— Je ne rends pas de comptes aux animaux domestiques! répond la nécromancienne.

— Jorkane, il est temps de nous conduire à l'entrée de la fosse, exige Noah.

La jeune femme acquiesce à sa demande tout en lui offrant son plus beau sourire.

— Si c'est toi qui le demandes, bourreau des cœurs!

Elle s'approche de lui et, en se hissant sur la pointe des pieds, pose un baiser sur sa joue. Avant de leur indiquer le chemin menant à la fosse, elle adresse un clin d'œil malicieux à Arielle pour souligner sa petite victoire: «Ton Noah, il est à moi!» semble-t-elle vouloir dire.

Ne me cherche pas, Minifée, lui rétorque Arielle en pensée. *Parce que tu vas finir par me trouver!*

6

Jorkane prend la tête du groupe.

Elle les guide sans difficulté à travers les galeries souterraines du château.

— Attention à vos têtes, les prévient-elle en s'engageant dans l'un des passages qui relient les différentes caves.

Le plafond est effectivement très bas. Ils doivent tous incliner la tête, et certains le dos, pour s'y faufiler.

— On arrive bientôt ? grogne Freki.

— Patience, on y est presque, réplique la nécromancienne.

— Où sont les gardes sylphors ? l'interroge Noah. Jorkane, tu ne les as quand même pas tous ensorcelés ?

— Ne sous-estime pas mon pouvoir de séduction, chéri.

— Les nécromanciennes soutirent aux morts leur dernier souffle de vie, explique Ael à Arielle. Ça leur permet de rester jeunes et belles. C'est un don qu'il me faudra posséder un jour.

– Qu'est-ce qui clochait avec Saddington alors? demande Brutal. Elle ressemblait beaucoup plus à une vieille sacoche qu'à une reine de beauté.

– Depuis qu'elle avait quitté la fosse, Saddington ne se nourrissait plus de la chair des morts, répond Jorkane. Il n'y a rien de pire pour le teint!

Saddington ne se nourrissait plus de la chair des morts?! C'est bien ce qu'elle a dit? Brutal se tourne vers Arielle. Une grimace de dégoût déforme ses traits félins.

– C'est de cette façon que tu te conserves? demande Arielle à la nécromancienne.

– T'as tout compris, ma belle. Avoue que je ne fais pas mes quatre-vingt-dix ans!

Arielle scrute le visage de Jorkane dans l'espoir d'y trouver quelque chose qui trahirait son grand âge, mais il n'y a rien. *Pas étonnant qu'elle trouve le vieux Noah encore plus séduisant que le jeune*, pense-t-elle.

Ils quittent enfin le passage et rejoignent une salle plus grande. Ils ont tous l'impression de respirer mieux. La nécromancienne se place au centre de la pièce, juste devant un cercle gravé dans la pierre du plancher. Elle lève ensuite les bras et prononce une incantation: «*Aperir perdonis mana!*» Le sol se met aussitôt à vibrer sous leurs pieds. Ils remarquent tous que le cercle, dans la pierre, commence à changer de forme. Son contour devient moins précis, il semble se diluer. Lentement, une cavité se creuse en son centre et se met à tourbillonner.

– Qu'est-ce que c'est que ça ? lance Freki. On dirait un entonnoir.

– Un maelström intraterrestre, fait Noah.

– C'est ici qu'on se sépare, leur annonce Jorkane. Vous n'avez qu'à plonger dans ce vortex pour rejoindre le sixième niveau de la fosse. C'est à cet endroit qu'ils gardent les prisonniers. Après les avoir libérés, vous devrez utiliser le monte-charge pour descendre au dernier niveau, là où se trouve la fontaine du voyage. Le monte-charge est situé à l'intérieur du poste de garde, vous ne pouvez pas le manquer.

– Il y aura un comité d'accueil qui nous attendra en bas ? demande Geri.

– Évidemment, répond Jorkane. Une dizaine de sylphors gardent les cellules en permanence.

– Nous disposerons de combien de temps une fois que nous aurons rejoint le dernier niveau ? l'interroge Noah.

– Dès que l'alerte sera donnée, tous les elfes noirs de la fosse se lanceront à vos trousses. Si vous réussissez à bloquer l'accès au monte-charge, vous aurez alors une vingtaine de minutes pour boire l'eau de la fontaine et faire le voyage.

– Vingt minutes seront suffisantes, dit Noah.

– Vingt minutes ? répète Arielle, incrédule. On ne pourra jamais traverser l'Helheim et te retrouver en seulement vingt minutes !

– Les voyages vers l'Helheim sont intemporels, explique Noah. Le temps s'écoule de façon différente là-bas. Que vous ayez besoin de trois jours ou de trois semaines pour accomplir votre mission, vous serez quand même de retour parmi nous quelques minutes seulement après votre départ.

— Et comment on va s'y prendre ensuite pour sortir de la fosse? s'inquiète Brutal. Des centaines de sylphors enragés vont nous tomber dessus!

Jorkane saisit un des petits flacons qui sont accrochés à son ceinturon.

— Cette sève provient de l'Ygdrasil, déclare-t-elle en tendant à Noah le flacon rempli d'une substance brunâtre. L'Ygdrasil est l'arbre de vie, l'axe du monde. Cette sève est très précieuse, il n'en existe qu'une dizaine d'échantillons. Une fois lancée contre un mur ou une paroi rocheuse, la sève se diffusera et créera une galerie souterraine qui mènera à l'extérieur du château. Ça devrait vous permettre de regagner le *Danaïde* en toute sécurité.

— Et pourquoi nous faire un tel cadeau? demande Noah après avoir rangé le flacon dans une poche de son veston.

— Reivax tient beaucoup à revoir Nomis, répond la nécromancienne. Il a menacé de dévoiler mon statut d'espion aux elfes si je ne fais pas tout ce qui est en mon pouvoir pour m'assurer du succès de votre mission. Charmante façon de montrer sa gratitude pour toutes ces années de loyaux services, n'est-ce pas?

Tu t'attendais à quoi de la part d'un démon? a envie de lui demander Arielle.

— Pour ouvrir le portail blindé qui protège l'entrée, les informe Jorkane, vous aurez besoin d'une identification digitale. Donne-moi ton épée fantôme.

Noah obéit. La jeune femme saisit l'épée et, d'un coup sec, se tranche une main. Arielle et les animalters ont un mouvement de recul. Avec un naturel désarmant, Jorkane se penche, prend sa main et la lance à Ael qui l'attrape sans aucune répugnance.

— Elle repoussera, dit Jorkane à Arielle et aux animalters tout en s'amusant de leur malaise.

Étrangement, ni sa main ni son poignet amputé ne saignent.

— Les nécromanciens n'ont pas seulement le pouvoir d'invoquer les morts, poursuit-elle. Ils sont aussi capables de régénérer les tissus organiques.

Noah reprend son épée. Après avoir remercié la nécromancienne, il s'élance au centre du vortex. Tous les autres le suivent, sauf Arielle. Avant de sauter, elle s'adresse à Jorkane :

— Ma mère est gardée à ce niveau ?

La nécromancienne lui fait signe que oui.

— Elle va bien ?

— Elle est un peu différente, mais oui, elle va bien.

— Différente ? Qu'est-ce que tu veux dire ?

Jorkane éclate de rire.

— Tu verras bien ! répond-elle avant de jeter un de ses flacons sur le sol et de disparaître dans un nuage de fumée.

Arielle a beau fouiller la pièce de fond en comble, la nécromancienne s'est bel et bien volatilisée. Après un moment d'hésitation, elle décide enfin d'aller rejoindre ses compagnons et se jette dans l'entonnoir mouvant.

Dès qu'elle est aspirée par le vortex, Arielle a la sensation que tout son corps s'étire en un long filament, comme lorsqu'on s'amuse à tirer sur une gomme à mâcher. Le passage des galeries souterraines à la fosse se fait en quelques secondes. Les jambes de la jeune fille touchent maintenant le sol, alors que tout le haut de son corps demeure encore prisonnier de l'entonnoir tourbillonnant. Elle a la désagréable impression que à force d'être distendu, son bassin finira par se rompre. Mais, rapidement, la partie supérieure de son corps est rejetée par le vortex et rejoint la partie inférieure.

Arielle examine ses membres pour s'assurer qu'ils sont tous en place. Puis, elle lève les yeux et aperçoit Noah, Ael et les animalters qui ont déjà dégainé leurs épées fantômes et qui s'avancent vers l'entrée du niveau.

— Arielle, ça va ? lui lance Noah.

— Je crois, oui, répond-elle en rejoignant ses compagnons.

Leur progression est arrêtée par l'imposant portail blindé qui protège l'entrée du niveau carcéral. Un identificateur digital de forme carrée est encastré dans la paroi rocheuse qui soutient le portail.

— Vous êtes prêts ? demande Noah aux membres de l'équipée.

Ils se regardent les uns les autres, puis finissent par acquiescer en silence.

– Parfait. Allons-y. Ael?

Sans attendre, la jeune alter pose la main tranchée de Jorkane sur le scanneur de l'identificateur digital.

« *Confirmation 22VVX*, annonce aussitôt une voix électronique. *Nécromancienne Jorkane, troisième du nom, lignée d'Hyrrokinn. Accès autorisé.* »

Dès qu'elle se tait, la voix est remplacée par un vrombissement sourd.

– C'est le portail, dit Brutal. Il bouge.

L'animalter a raison : les deux lourdes portes commencent lentement à s'entrouvrir.

– Préparez-vous à démembrer du sylphor! s'écrie Geri.

Arielle resserre sa prise sur son épée fantôme tout en songeant à ce que lui a dit son ancêtre Annabelle : « Tu constateras également que chaque nouvelle élue peut recourir aux pouvoirs de celles qui sont venues avant elle. Si besoin est, je pourrais te transmettre mon talent pour manier l'épée. De ta grand-mère, tu pourrais recevoir la ruse et le courage. »

– Pourvu que ça soit vrai, murmure-t-elle alors que l'espace entre les deux portes ne cesse de s'agrandir. Tiens bon encore quelques minutes, maman. Je serai bientôt là.

7

Le portail s'ouvre sur un large couloir qui traverse tout le niveau carcéral.

Le plafond en forme de voûte leur semble inatteignable, tellement il est élevé et décuple le sentiment d'amplitude qu'ils ressentent tous en pénétrant d'un pas prudent dans la vaste grotte. Arielle dénombre une centaine de cellules réparties sur les différents paliers. Chacune d'elles est fermée par une porte couverte de rouille et qui paraît très lourde. D'immenses projecteurs lunaires sont disposés aux quatre coins du niveau carcéral pour assurer une atmosphère saine aux elfes noirs ainsi qu'à un certain nombre de leurs prisonniers.

Le poste de garde est situé tout au bout du couloir. Noah le repère sans tarder et le montre silencieusement aux autres. Deux elfes noirs aux oreilles pointues sont en faction devant l'entrée.

– Ils nous ont vus? demande Freki.

– Ça ne tardera pas, répond Geri.

– Difficile de pas se faire remarquer avec ces épées fluo, soupire Brutal.

Il a raison : l'éclat bleuté des lames fantômes brillant dans la pénombre finit par attirer le regard des elfes. L'un d'eux se précipite à l'intérieur du poste de garde. L'alerte est donnée peu de temps après, ce qui ne surprend personne. Le portail commence à se refermer derrière Arielle et ses compagnons, et le message d'alarme résonne dans les haut-parleurs : « *Alerte ! Intrusion ! Alerte ! Intrusion !* »

– C'est maintenant ou jamais ! s'écrie Noah en fonçant vers le poste de garde.

Il est suivi de près par Arielle et les autres. Brandissant épées fantômes et injecteurs acidus, ils chargent vers l'entrée du poste de garde d'où sont sortis une vingtaine de sylphors et de serviteurs kobolds armés jusqu'aux dents.

– Mais Jorkane a dit qu'il y en aurait au maximum une dizaine ! s'insurge Freki en voyant les sylphors s'aligner les uns à côté des autres.

– S'il n'y avait jamais d'imprévus, on n'appellerait pas ça des récits d'aventures ! lui rétorque Brutal.

Les elfes noirs et les kobolds sortent leurs arcs et se préparent à décocher une volée de flèches dans leur direction. Une voix résonne alors dans l'esprit d'Arielle : « *Tu es l'élue, Arielle ! Tu es beaucoup plus rapide, mais surtout beaucoup plus agile que tes ennemis, n'en doute jamais !* »

Une dizaine de mètres les séparent maintenant des elfes. Arielle sent le médaillon demi-lune qui chauffe sur sa poitrine. L'instant d'après, une nouvelle force se propage dans ses jambes. Cela lui permet de courir plus vite et de dépasser aisément ses compagnons, qui n'en croient pas leurs yeux. Mais ce sont les elfes et leurs serviteurs qui demeurent les plus surpris par cette soudaine accélération. Arielle leur tombe dessus avant qu'ils ne puissent tirer la moindre flèche. Elle longe la rangée de sylphors à une vitesse prodigieuse et leur arrache tour à tour leurs arcs des mains, sans qu'ils aient le temps de réagir. Privés de leurs armes, les elfes et les kobolds doivent promptement changer de stratégie. Ils dégainent leurs épées fantômes et se ruent sur Arielle. Rapidement, ils réussissent à l'entourer. C'est à ce moment que Noah et les autres interviennent.

— Besoin d'aide, maîtresse? demande Brutal en poussant un sylphor qui s'apprêtait à abattre sa lame sur Arielle.

— On dirait bien! répond Arielle en constatant soudain que sa vitesse de réaction n'est plus la même.

Ses mouvements sont plus lents et elle se déplace avec beaucoup moins d'agilité. Elle ne ressent plus la chaleur du médaillon demi-lune sur sa poitrine et en conclut que le pouvoir transmis par ses ancêtres a cessé de faire effet. Résolue, elle sort son épée et se prépare à affronter ses assaillants un à un.

— Déjà à bout de souffle? se moque Ael en se jetant dans la mêlée.

En deux coups de lame, la jeune alter parvient à démembrer le couple de serviteurs kobolds qui se dressait devant elle. Noah et Brutal réussissent à neutraliser une demi-douzaine de sylphors pendant que Geri et Freki, combattant côte à côte, repoussent un autre groupe vers le poste de garde. Arielle n'est pas en reste : après s'être débarrassée de deux adversaires, elle s'attaque à un troisième, puis à un quatrième. Même ralentie, son agilité est phénoménale.

Bientôt, lames fantômes et injecteurs acidus volent en tous sens. Malgré leur détermination à livrer bataille, les elfes et les kobolds sont rapidement dépassés et forcés de se rendre.

— Plus agiles avec un arc qu'avec une épée, fait remarquer Geri aux sylphors qu'il tient en respect au bout de sa lame. Vos confrères d'Amérique m'ont semblé beaucoup plus coriaces que vous.

— Vous devriez changer de boulot, les lutins, ajoute Brutal. Paraît que le père Noël recrute pour son atelier.

Pendant que les autres se chargent de désarmer et de ligoter les elfes, Geri pénètre à l'intérieur du poste de garde. Il en ressort au bout d'une minute.

— Le monte-charge est immobilisé à ce niveau, annonce-t-il. Il n'attend que nous.

— Et le portail d'entrée ? lance Noah.

— Verrouillé électroniquement.

— Parfait. Tu as les numéros des cellules ?

— La mère d'Arielle est dans la 23, et le chevalier fulgur, dans la 45. J'ai déverrouillé les portes.

Il n'en faut pas plus à Arielle pour bondir dans les airs et rejoindre le deuxième palier. Elle court jusqu'à la cellule portant le chiffre 23, mais hésite avant d'ouvrir la porte. *Ma mère se trouve derrière cette porte*, se dit-elle. *Je ne sais pas à quoi elle ressemble. Je n'ai aucun souvenir d'elle.* D'un saut, Brutal franchit les deux étages et vient la retrouver.

– Tu veux que je m'en occupe ? lui demande-t-il.

Elle secoue la tête. Non, c'est à elle de le faire. Elle pose sa main sur la poignée et tire sur la porte de métal, qui s'ouvre dans un long grincement. L'intérieur de la cellule est plongé dans le noir, il n'y a aucune lumière.

– Il y a quelqu'un ?

Aucune réponse. Arielle s'avance lentement. Brutal la suit de près. Leur vision nocturne leur permet de distinguer un petit lit étroit sur lequel est étendue une personne. C'est une femme. Le cœur d'Arielle se met à battre plus fort. Est-ce bien elle ? Est-ce bien Gabrielle Queen, la femme qui lui a permis d'échapper aux elfes noirs alors qu'elle n'était encore qu'un bébé ?

– Gabrielle ?… Maman ?

La femme ne réagit pas.

– Il faut se dépêcher ! leur crie Noah deux étages plus bas. Chaque seconde est précieuse !

Arielle s'agenouille près du lit et tente de réveiller la femme, en vain.

– Maman, c'est moi, Arielle…

– Sortons-la d'ici, suggère Brutal en voyant que la femme ne réagit pas.

L'adolescente doit s'y résoudre, c'est la seule chose raisonnable à faire dans les circonstances. Elle s'écarte donc et laisse Brutal s'occuper de

Gabrielle. L'animalter prend doucement la femme dans ses bras et tous les trois sortent ensemble de la cellule. Deux paliers plus haut, Arielle aperçoit Freki qui ouvre une autre cellule. C'est sans doute celle de Jason Thorn, le chevalier fulgur retenu prisonnier dans la fosse depuis les années 1940, le premier protecteur de la prophétie.

Tenant toujours Gabrielle dans ses bras, Brutal s'élance le premier et saute par-dessus la rambarde du deuxième palier. Il atterrit tout en douceur deux étages plus bas. Arielle bondit à son tour, mais c'est pour aller rejoindre Freki. Elle entre la première dans la cellule du chevalier fulgur. Il y a bien un jeune homme à l'intérieur. Il est assis dans un coin de la pièce. Il porte la même tenue de prisonnier que sa mère. Dès que ses yeux se sont habitués à la lumière et qu'il peut apercevoir ses libérateurs, il se lève et s'avance vers eux. Arielle l'examine davantage : ses cheveux sont courts, blonds et bien taillés. Il ne semble pas avoir souffert de malnutrition. Il est costaud et paraît solide sur ses jambes. Sa démarche est assurée. *Il m'a l'air drôlement en forme pour quelqu'un qui a passé soixante ans enfermé dans une cellule*, songe Arielle.

— Je suis Jason Thorn, déclare le garçon en se dirigeant vers elle.

— Je sais, répond-elle froidement.

Elle n'accorde plus sa confiance aussi facilement désormais.

— Tu ressembles beaucoup à Abigaël. C'est elle qui t'a dit où les sylphors me gardaient ?

Arielle acquiesce en silence.

— Je ne pourrai jamais assez te remercier d'être venue, poursuit Jason. Après toutes ces années, je croyais que tout le monde m'avait oublié. Heureusement qu'une Walkyrie veillait sur moi; son aura protectrice m'a préservé de la vieillesse et…

— Je suis venue pour ma mère, le coupe Arielle.

Jason hausse les épaules, puis sourit.

— Mais tu es venue quand même…

— Où est le *vade-mecum* des Queen? lui demande Arielle pour couper court à sa démonstration de gratitude. Ma grand-mère dit que tu es le seul à savoir où il se trouve.

— Elle a raison, fait Jason. Mais il n'est pas ici.

Il lui révèle que les elfes noirs conservent le livre magique dans une chambre secrète du Canyon sombre, leur repaire d'Amérique. Il sera très difficile de le récupérer, selon lui; le Canyon sombre étant la forteresse sylphor la mieux protégée du Nouveau Monde.

— Une aventure à la fois, intervient Freki. On garde le Canyon sombre pour un autre jour, d'accord?

Arielle les devance à l'extérieur de la cellule. D'un seul élan, elle bondit par-dessus la rambarde, laissant Jason et Freki seuls sur le palier. Dès qu'elle touche le sol, la jeune fille retourne auprès de Brutal et de sa mère et constate que celle-ci est toujours inconsciente.

— Sa peau porte des marques de brûlures, fait remarquer le vieux Noah.

Remords et culpabilité se lisent sur le visage de l'homme. La peau meurtrie de Gabrielle lui rappelle l'accident provoqué par les elfes noirs lors de leur fuite, il y a seize ans. Arielle suppose que Noah ne s'est jamais pardonné d'avoir abandonné Gabrielle dans la voiture enflammée. *Mais il l'a fait pour me sauver*, se dit-elle. *Il n'avait pas d'autre choix que de faire ce qu'il a fait.*

— Les elfes ont réussi à la sortir de la voiture avant qu'elle n'explose, raconte Noah. Et ils l'ont emmenée ici…

Arielle s'approche de son «oncle».

— On va s'occuper d'elle maintenant, lui dit-elle pour le réconforter.

Noah acquiesce, pendant que Freki et le jeune chevalier fulgur s'empressent de descendre les marches reliant les différents paliers. Ils rejoignent promptement le reste du groupe.

— Les elfes déverrouilleront bientôt le portail, leur annonce Geri. Il faut descendre tout de suite au dernier niveau.

Noah en tête, ils se précipitent tous à l'intérieur du poste de garde, là où se trouve le monte-charge. Jason est le seul à ne pas prendre place sur la plate-forme du monte-charge. Il se dirige plutôt vers une porte en métal située tout au fond de la pièce.

— Mais qu'est-ce que tu fais? lui demande Geri. Amène-toi!

— Passez-moi une épée, répond Jason. Vite!

— Une épée? répète Ael. Mais pourquoi?

Noah prend son épée et la lance au jeune homme.

— Dépêche-toi!

Jason saisit l'épée fantôme et l'enfonce à l'intérieur de la porte. La lame immatérielle pénètre dans le métal comme dans du beurre. Le garçon la tourne d'un côté et de l'autre, puis la sort et la rentre à plusieurs reprises, comme s'il cherchait à atteindre quelque chose de l'autre côté de la porte. Rapidement, on entend un déclic.

— Ça y est! s'écrie Jason.

La porte s'ouvre sur un coffre-fort où est gardée toute une panoplie d'armes, probablement celles que l'on a retirées aux prisonniers de la fosse. Il y a de grands arcs elfiques, des flèches de feu et de glace, des sabres fantômes et des armures dorées, mais aussi des bâtons de sorciers et des masses de nains à pommeau de diamants. Jason plonge la main à l'intérieur d'un des compartiments et en sort une pile de vêtements ainsi qu'un ceinturon de cuir et des gants de fer, semblables à ceux que portaient les cénobites de la fraternité de Mjölnir dans le songe d'Arielle. La dernière chose qu'il retire du coffre-fort est une petite enveloppe d'un rouge vif, écarlate.

— On peut y aller, dit-il en les rejoignant enfin sur la plate-forme.

Geri active le monte-charge qui commence à descendre. En peu de temps, ils se retrouvent au dernier niveau de la fosse. Il s'agit d'une petite grotte au plafond bas, éclairée elle aussi par des projecteurs lunaires, et au centre de laquelle est érigée une fontaine en forme de gros chêne. Une eau cristalline s'écoule du bec de trois chouettes perchées sur trois branches dénudées. Au pied du chêne, émergeant du bassin, il y a une énorme tête de loup. Gueule ouverte, crocs sortis, l'animal semble prêt à attaquer.

– Voici l'Evathfell, déclare Noah.

– La fontaine du voyage, ajoute Ael. Notre porte vers l'Helheim.

– L'Helheim? s'étonne Jason. C'est par là que vous comptez vous échapper?

– « S'échapper », comme tu dis, ne fait pas partie du plan, réplique Brutal.

Pendant qu'à coups d'épée fantôme Geri et Freki sectionnent les câbles d'acier permettant au monte-charge de se déplacer entre les différents niveaux, Noah demande à Brutal de poser Gabrielle sur le sol, tout près de la fontaine.

– Je vais m'occuper d'elle pendant que vous serez là-bas, assure-t-il en glissant son veston roulé en boule sous la tête de Gabrielle.

Arielle s'agenouille auprès de sa mère et lui caresse doucement les cheveux.

– Tu crois qu'elle va se réveiller?

– Sans doute un jour, mais pas maintenant, répond Noah. Ne t'inquiète pas, tout va bien se passer.

– Le monte-charge est hors service, annonce Geri en revenant vers la fontaine. Ça devrait les retenir un moment.

– Et s'ils se servaient d'un autre de ces maelströms intraterrestres pour pénétrer ici? s'inquiète Freki.

– J'ai consulté les plans de la fosse sur l'ordinateur du *Danaïde*, affirme Noah. Aucun vortex ne débouche ici. Ce monte-charge est le seul accès.

Alors qu'ils poursuivent leur discussion, Jason enlève sa tenue de prisonnier pour passer les vêtements qu'il a récupérés dans le coffre-fort. Un tatouage en forme de marteau couvre presque tout son dos. Le dessin s'étend de la nuque jusqu'à la base des reins. Après avoir enfilé un pantalon noir et une paire de bottes, le chevalier revêt une ample chemise blanche ainsi qu'un gilet en cuir muni de poches. C'est à l'intérieur de l'une de ces poches qu'il range la lettre écarlate.

– C'est quoi, cette lettre ? lance Geri.

– Je dois la remettre à quelqu'un, fait Jason en bouclant son ceinturon autour de sa taille. Mais seulement lorsque le temps sera venu.

Seulement lorsque le temps sera venu ? se répète Arielle. *Pourquoi faire autant de mystère à propos d'une simple lettre ?*

Elle remarque que le ceinturon du jeune homme est muni de deux étuis d'armes, comme ceux des cow-boys. Deux objets argentés (qui ressemblent davantage à des marteaux qu'à des colts) sont glissés dans les étuis qui longent ses cuisses.

– Depuis quand les chevaliers se prennent-ils pour des cow-boys ? demande Brutal.

Arielle réalise qu'en effet Jason Thorn ne ressemble en rien aux cénobites de la fraternité de Mjölnir qui sont venus en aide à Annabelle et à Roman lorsque les gardes du cardinal de Richelieu les ont attaqués.

– Les fulgurs ont décidé de laisser tomber la soutane pendant la conquête de l'Ouest, répond Jason. Il faisait trop chaud sous la jupe dans les déserts de l'Oregon.

Le jeune chevalier enfile les gants de fer, ce qui n'est pas sans éveiller la curiosité de Brutal.

– Pourquoi tu portes ça? Tu as peur de te taper sur les doigts avec tes marteaux?

Jason lui explique que ce ne sont pas des marteaux comme les autres. Il s'agit de mjölnirs, tels qu'en possède le dieu Thor. Et sans ces gants magiques, ils sont impossibles à manipuler, tellement ils sont lourds.

– On pensait avoir délivré un chevalier fulgur, déclare Ael, pas monsieur Bricole! C'est quoi, son arme secrète? Un rabot enchanté?

Les animalters sourient, mais pas Arielle: contrairement aux autres, elle a vu ces marteaux mjölnirs en action sur la route de La Rochelle et ne doute pas un seul instant de leur efficacité.

– Tu as un excellent sens de l'humour pour un démon alter, dit Jason à Ael. Mais ça ne m'empêchera pas de t'ajouter un jour à mon tableau de chasse.

– On verra ça, Lucky Luke.

– Il vient avec nous, le chevalier? lance Freki.

Jason acquiesce sur-le-champ:

– Bien sûr que je viens avec vous. Qu'est-ce que je pourrais faire d'autre?

– Quelqu'un se porte garant de lui? demande Ael. Moi, je ne le connais pas.

– Vous pouvez faire confiance à Jason, affirme Noah sans hésiter. Souvenez-vous: j'ai déjà vécu tout ce que vous êtes sur le point de vivre. Comme je l'ai déjà expliqué à Arielle et aux animalters, trop en dévoiler à ce sujet risquerait de mettre en péril votre mission, mais je peux vous dire ceci cependant : Jason Thorn sauvera l'une de vos vies, alors si j'ai un conseil à vous donner, c'est de vous en faire un ami. Alignez-vous devant l'Evathfell, leur ordonne-t-il ensuite. Il est temps de boire à la source et d'entamer le voyage.

Freki avance le museau et flaire le bassin de la fontaine.

– Quelqu'un s'est assuré que cette eau était potable ?

Brutal s'avance à son tour.

– Du calme, Super Sniff. C'est de l'eau magique : en la buvant, tu as plus de chance de te transformer en crapaud que d'attraper la chiasse.

8

Noah prend un gobelet en terre cuite posé sur le rebord du bassin.

Il le place sous le bec de la première chouette et le laisse se remplir d'eau.

— Le sommeil vous gagnera dès que vous aurez bu l'eau de la fontaine, dit-il. Lorsque vous vous réveillerez, vous aurez quitté Midgard, le royaume terrestre, et aurez rejoint le royaume des morts.

— On voyagera par l'esprit ? demande Freki.

— Votre esprit est le seul qui puisse vous conduire là-bas. Mais ne vous inquiétez pas, tout le reste suivra. Qu'il le veuille ou non, le corps suit l'âme partout où elle va.

Noah ajoute que c'est l'eau de cette fontaine qui leur permettra de visiter la citadelle de l'Helheim et d'en revenir. C'est également cette eau qui évitera à Ael d'être séparée de Léa, sa personnalité primaire.

— Tu veux dire que les alters qui meurent sont séparés de leur personnalité humaine lorsqu'ils arrivent dans le royaume des morts ? l'interroge Arielle.

— Ils se «défusionnent» pour créer deux êtres distincts, répond Noah. Là-bas, le bien et le mal ne peuvent cohabiter.

Il ajoute que le simple fait d'entrer dans l'Helheim et d'en ressortir, comme ils s'apprêtent à le faire, ne suffit pas à séparer un alter de sa personnalité primaire. Il n'y a que la mort qui peut y arriver, comme dans le cas de Simon et du jeune Noah.

— Alors, Razan est là-bas, lui aussi?

— Tout comme Nomis. Mais ils ne vivent pas à l'intérieur de leurs hôtes respectifs. Ils évoluent librement dans l'Helheim. Il faudra vous méfier d'eux, et en particulier de Razan. Il a été tenu à l'écart pendant plusieurs années à cause du médaillon demi-lune. Ma mort a été une délivrance pour lui. Croyez-moi, il fera tout pour vous empêcher de libérer le jeune Noah.

— Comment les reconnaîtrons-nous? demande Freki.

— Nomis et Razan utilisent leur corps d'alter, tandis que Simon et le jeune Noah ont conservé leur apparence humaine.

Arielle se souvient de l'histoire du Dr. Jekyll et de Mr. Hyde qu'elle a lue quelques jours plus tôt. Qu'aurait ressenti le pauvre Jekyll en apprenant qu'il était enfin débarrassé de son double maléfique? Du soulagement? De la crainte? Certainement un peu de nostalgie, suppose-t-elle en examinant brièvement son magnifique corps d'alter.

— Autre chose, poursuit Noah: si on meurt dans l'Helheim, au cours d'un combat ou par accident, on meurt vraiment. Ce que je veux dire, c'est qu'il n'y a plus d'échappatoire ; c'est la dernière limite, le point de non-retour. Après l'Helheim, il n'y a plus rien : si vous mourez là-bas, votre âme sera désintégrée et disparaîtra à jamais.

— C'était précisé dans le guide touristique ? lance Brutal.

Noah tend le gobelet à Ael. C'est elle qui devra boire la première.

— Avant de franchir le portail de l'Helheim, vous devrez affronter Garm, le chien vorace. Il n'accorde le passage qu'aux démons alters. Les autres, il les dévore sans préavis. Ael, tu devras le convaincre de te laisser passer avec tes compagnons.

— Comment je fais ça ? l'interroge Ael. Je lui lance un os ?

— Modgud, la fée ténébreuse, l'accompagnera. C'est à elle que tu devras t'adresser. Ne quitte surtout pas Garm des yeux, il prendrait cela pour un signe de faiblesse et t'attaquerait sur-le-champ. Tout en continuant de fixer Garm, tu t'avanceras vers Modgud. Elle ne s'en offusquera pas si tu ne la regardes pas dans les yeux. En fait, elle s'en réjouira, car elle est d'une laideur monstrueuse et préfère éviter tout regard. D'ailleurs, si tu la regardes, tes yeux se consumeront et tu perdras la vue à jamais.

— J'aurais plutôt cru qu'elle se transformerait en pierre, dit Freki.

Brutal pose une main sur l'épaule du doberman.

— Tu mélanges les mythologies, mon vieux.

– Que dois-je lui dire, à cette Modgud ? demande Ael.

– Que tes compagnons et toi souhaitez traverser le pont de la rivière Gjol qui mène au Gnipahellir, le portail de l'Helheim, répond Noah. Elle acceptera, mais exigera un paiement pour le passage.

– Un paiement ?

– Le sang d'un élu.

Noah se tourne vers Geri qui hoche aussitôt la tête. Promptement, l'animalter porte la main à son ceinturon et saisit un injecteur acidus qu'il vide de son contenu. L'objet bien en main, il se dirige vers Arielle. Comprenant ce que l'on attend d'elle, cette dernière relève la manche de sa chemise et offre son bras à Geri. L'animalter enfonce la pointe de l'injecteur acidus dans la chair de la jeune fille et prélève un peu de sang, exactement comme il l'aurait fait avec une seringue. Une fois l'injecteur à demi rempli, Geri le retire du bras d'Arielle et le lance à son maître.

– Ça prouvera ton allégeance à Loki et à Hel, précise Noah en remettant l'injecteur à Ael. Ils croiront que tu as recueilli ce sang au cours d'un combat avec les élus.

– Il nous faudra d'autre sang pour le retour ? fait Ael.

– Un paiement est exigé pour entrer dans l'Helheim. Jamais pour en sortir. Même si c'était le cas, vous n'en auriez pas besoin, car c'est par un autre chemin que vous quitterez la citadelle.

Ael acquiesce en silence. Elle prend ensuite le gobelet et avale d'un trait l'eau de la fontaine.

Elle se sent aussitôt défaillir. Jason s'avance pour l'empêcher de tomber.

– Ne t'approche pas d'elle! ordonne Noah.

Il oblige le chevalier à reculer tout en faisant signe aux autres de ne pas bouger.

Dès qu'Ael ferme les yeux, le monde des vivants cesse d'exister pour elle. La force protectrice de la vie l'abandonne. Elle vieillit de plusieurs dizaines d'années en seulement quelques secondes. Ses cheveux blonds blanchissent d'un coup, et de profondes rides se creusent sur son visage émacié. Sa peau prend une teinte grisâtre et ses membres se déforment sous l'effet des rhumatismes. Bientôt, sa chair centenaire se craquelle sous les yeux ahuris des autres membres du groupe. Un vent brûlant se lève et emporte son corps morceau par morceau, dans un tourbillon de lambeaux. Transformés en poussière, les restes de la jeune alter flottent un instant au-dessus de la fontaine, avant d'être finalement aspirés par la gueule de loup, au centre du bassin.

Encore troublé par ce qu'il vient de voir, Brutal se tourne vers les autres.

– Freki avait raison: on aurait dû s'assurer que cette eau était potable.

– Le corps d'Ael ainsi que toutes ses extensions, tels ses armes et ses vêtements, seront recréés dans le royaume des morts, explique Noah pour les rassurer. Mais leur port d'attache terrestre demeurera toujours ici. C'est dans cette grotte que le corps d'Ael et les vôtres se matérialiseront lorsque vous reviendrez.

– Il y a une autre fontaine du voyage là-bas qui nous permettra de rentrer ? demande Arielle.

– Votre arrivée créera une brèche entre les deux mondes. C'est par cette brèche qu'il vous faudra repartir. Elle se refermera seulement après votre départ.

Freki lève une patte, comme un élève qui veut poser une question.

– Pourquoi les alters ne se servent pas de ce moyen pour revenir dans le passé, comme tu l'as fait, et changer l'histoire à leur avantage ?

– Les alters ne peuvent pas voyager dans le temps, leur révèle Noah, à moins que leur contre-partie humaine ne le souhaite. Ils peuvent se rendre dans l'Helheim et en revenir, mais sans changer d'époque.

La personnalité primaire demeure la seule et unique propriétaire du corps physique. Les alters ont besoin de ce corps, de ce «véhicule», pour exister sur la Terre. Ils ne peuvent pas s'incarner où et quand ils le veulent. Rares sont les alters décédés qui quittent l'Helheim de toute façon. Ils préfèrent demeurer auprès de leur maître, Loki. La plupart ont détesté leur séjour sur la Terre. Ils n'acceptent pas de devoir partager leur corps avec des humains, créatures qu'ils considèrent comme inférieures.

Geri et Freki sont les suivants dans la file. Dès qu'ils avalent l'eau de la source, leur pelage se met à grisonner et des signes de vieillissement apparaissent sur leurs traits canins. Leur corps se flétrit à une vitesse impressionnante, puis s'assèche, se fragmente et s'élève en poussière avant de disparaître complètement dans la gueule du loup.

Brutal s'apprête à saisir le gobelet tendu par Noah lorsqu'il est devancé par Jason.

— Impatient d'être téléporté en enfer, capitaine Kirk ? lui demande Brutal.

Résolu, le chevalier fulgur vide le gobelet.

— On se revoit de l'autre côté, déclare-t-il.

Comme les autres avant lui, son jeune corps vigoureux est rapidement altéré par une vieillesse subite et dégénérative. Arielle attend qu'il se soit désintégré et que ses restes aient été transportés vers la gueule du loup avant de demander le gobelet à Noah.

— À mon tour, dit-elle.

Elle se prépare à boire l'eau cristalline de l'Evathfell, mais s'interrompt au dernier moment. Elle doit s'assurer d'une chose avant de partir. Elle soude son regard à celui de son « oncle ». Elle a encore du mal à se convaincre qu'il s'agit de Noah.

— Le jeune Noah est-il toujours amoureux de moi ? demande-t-elle.

Le vieux Noah sourit, puis acquiesce :

— Bien sûr. Il n'a pas changé ; il est toujours le même Noah Davidoff, celui qui a combattu les alters et les sylphors à tes côtés, celui qui est mort dans tes bras il y a quelques jours. Pour lui, c'est comme si vous veniez tout juste de vous séparer.

Arielle est soulagée. Elle a envie de revoir Noah de l'autre côté… *son* Noah.

— Tu vas t'occuper de ma mère ? l'interroge-t-elle en jetant un coup d'œil à Gabrielle, qui est toujours étendue sur le sol.

– Ne t'inquiète pas, répond le vieux Noah, elle est en sécurité ici. Le temps va passer très vite pour nous. Seulement quelques minutes s'écouleront entre le moment de votre départ et celui de votre retour.

Satisfaite, Arielle reporte son attention sur le gobelet. Elle l'approche lentement de sa bouche et avale son contenu. Dès la première gorgée, elle ressent une étrange lassitude, qui se transforme bientôt en une profonde fatigue. Ses paupières s'alourdissent.

– Va le retrouver…, murmure Noah.

« Va le retrouver, il t'attend. »

Ce sont les dernières paroles qui parviennent jusqu'à elle. Dès qu'elle ferme les yeux, son esprit se détache de son corps et commence à flotter dans la grotte. Elle assiste impuissante au vieillissement de son corps puis à sa désintégration. Juste avant d'être aspirée par la gueule du loup, Arielle voit Noah qui tend le gobelet rempli d'eau à Brutal. L'animalter prend le gobelet et s'empresse de boire l'eau de la fontaine. *Il me rejoindra sous peu,* se dit la jeune fille.

Viennent ensuite les ténèbres.

Puis le vide.

Arielle a quitté Midgard, le royaume terrestre, pour son premier voyage vers l'Helheim.

Le premier, mais non le dernier.

9

Arielle est consciente d'exister quelque part entre la vie et la mort.

Son corps est divisé en plusieurs millions de petits fragments, comme si chaque molécule de son être s'était détachée de l'ensemble organisé qui lui sert normalement de véhicule physique. Elle se sent vivre dans chacune de ces particules; elle les habite, les contrôle. Elle sait qu'elle pourra leur ordonner de se rassembler de nouveau pour reconstituer son corps lorsque le moment sera venu, lorsqu'elle sera parvenue à destination.

Son voyage vers le royaume des morts est accompagné de songes. Dans l'un d'eux, elle se demande ce que Noah Davidoff représentera pour elle dorénavant. Deviendra-t-il le vaillant chevalier annoncé par la prophétie, celui qui combattra les forces du mal à ses côtés, ou demeurera-t-il à jamais son protecteur, l'oncle, le tuteur qui s'est occupé d'elle depuis son plus jeune âge?

– J'étais là, j'ai assisté à ton retour parmi les vivants, lui a déclaré le vieux Noah plus tôt dans la soirée, avant de partir pour le manoir Bombyx. Tu as réussi à me sauver, Arielle.

– Mais tu n'es pas revenu avec moi ?

– Je suis revenu, a-t-il répondu après un moment, mais à une époque différente.

Il va me laisser repartir seule, se dit Arielle. *Il sacrifiera l'amour qu'il me porte pour revenir me sauver alors que je n'étais encore qu'une enfant.* Une profonde tristesse s'empare d'elle, jusqu'au moment où intervient la voix réconfortante d'Annabelle : «Aie confiance. C'est votre amour qui nous sauvera tous. N'oublie pas : Noah et toi devez rester unis à jamais.»

Arielle ressent de nouveau la chaleur autour d'elle. Mais il s'agit davantage d'un sentiment que d'une sensation physique. *C'est la paix,* conclut-elle. Cette sécurité lui indique que l'endroit atteint est propice à la réunion. Elle n'a plus à avoir peur. Elle est certaine qu'elle peut de nouveau former un tout, que son corps et son âme peuvent de nouveau se réunir. Dès qu'elle en est consciente, les millions de particules se regroupent autour de son âme et commencent la reconstruction de son être. L'obscurité du vide est vite remplacée par la lumière. *Le voyage se termine,* songe-t-elle, soulagée. Elle est enfin arrivée à bon port.

La jeune fille ouvre les yeux. La lumière, qu'elle avait crue douce au début, finit par être douloureuse. Elle pensait à tort que son réveil dans l'autre monde serait agréable, tout autant que l'avait été le sommeil qui lui avait permis de quitter la Terre.

La chaleur l'abandonne rapidement. Le froid prend le dessus de façon sauvage. Il évacue toute paix, tout confort. Bientôt, un froid mordant éveille tous ses sens.

— Arielle! crie une voix qui réussit à peine à couvrir le bruit du vent.

Elle sent de nouveau ses bras et ses jambes. Sa langue se délie et elle peut enfin ouvrir les yeux. Les bourrasques de vent plaquent ses cheveux contre son visage, mais elle réussit tout de même à distinguer le ciel gris au-dessus de sa tête ainsi que la plaine blanche qui l'entoure. *Il fait à la fois jour et nuit...*, s'étonne Arielle en apercevant le soleil et la lune qui se côtoient dans le ciel.

Le paysage semble s'étendre à l'infini. Il y a quelques dunes de neige ici et là, mais l'essentiel du terrain demeure sans relief. Malgré toute sa beauté, cette vaste étendue immaculée ne dégage qu'un lourd sentiment de solitude.

Arielle voit soudain quatre silhouettes apparaître à l'horizon. L'une d'entre elles lui semble plus près que les autres. C'est Jason. Il accourt vers elle. Ses deux mains gantées tiennent les marteaux mjölnirs. Dès qu'il s'est suffisamment rapproché, le chevalier fulgur lance ses marteaux dans les airs et leur adresse un commandement: «Mjölnirs! Bouclier!» Les mjölnirs se mettent aussitôt à tournoyer autour d'eux. Le tourbillon se change rapidement en minitornade et finit par générer une zone d'air tempéré qui les protège du froid.

– Il faut aller se réfugier dans la grotte, lui lance Jason.

Engourdie par le froid, Arielle est lente à réagir. Elle se retourne et aperçoit une petite saillie rocheuse à plusieurs mètres derrière elle. Celle-ci est en partie recouverte de neige et se fond dans le décor. La jeune fille remarque une ouverture au centre, plus large que haute, qui ressemble à l'entrée d'une grotte.

– Où sont les autres? demande-t-elle.

– Ils me suivent.

Arielle entend des bruits de pas dans la neige. Ils proviennent de l'extérieur du tourbillon d'air.

– Les voilà, dit Jason. Nous étions partis explorer les environs. Plusieurs heures se sont écoulées depuis notre arrivée.

Plusieurs heures? se répète Arielle. Elle a pourtant bu l'eau de la source à peine une minute après Jason. Noah avait donc raison d'affirmer que le temps s'écoule différemment ici; si les minutes se comptent en heures et que les heures deviennent des journées, alors il y a sans doute plusieurs mois que le jeune Noah est retenu prisonnier dans cet enfer blanc.

Ael et les deux dobermans franchissent d'un bond la paroi protectrice créée par la circulation des marteaux et viennent les rejoindre dans l'œil de la tornade.

– Où t'as appris à manier le marteau comme ça? demande Ael tout en arrangeant ses cheveux.

– Attends de voir ce que je peux faire avec un ciseau à bois, ma jolie, réplique Jason.

Geri souffle sur ses pattes pour les réchauffer.

— C'est pas des blagues, grogne-t-il, on gèle vraiment dans ce foutu royaume. On aurait dû prévoir des manteaux... et peut-être des moto-neiges.

— Vrai... vraiment pas un temps à... à... à mettre un ch... ch... chien dehors! s'exclame Freki, incapable de contenir ses grelottements.

— Où est la brèche dont parlait Noah, fait Arielle, celle qui nous permettra de repartir?

— Elle se trouve là-bas, dans la grotte, répond Jason.

— Faudra y aller en marchant, ajoute Ael. J'ai essayé de voler, mais ça ne fonctionne pas.

Arielle se souvient que les alters et les sylphors ont besoin de la lune pour exister. C'est elle qui leur fournit leur énergie vitale. Le soleil, au contraire, leur enlève toute puissance. Sur la Terre, le soleil et la lune se succèdent constamment, mais, dans l'Helheim, ils brillent ensemble dans le même ciel. Ce mélange de rayons solaires et lunaires a peut-être une influence sur le pouvoir des alters, se dit Arielle. En tout cas, cela expliquerait cette soudaine incapacité à voler.

N'en pouvant plus de grelotter, Freki se tourne vers Jason.

— Qu'on... qu'on s'y rende en... en... en volant ou en... en... en rampant, je m'en fous! Mais allons-y tout... tout... tout de suite! Ta... ta tornade peut-elle nous... nous... nous suivre jusque-là? lance-t-il à Jason.

— Sans problème.

Le chevalier fulgur en tête, ils commencent à marcher en direction de la grotte. Le tourbillon d'air chaud les accompagne durant tout le trajet. Une fois parvenu à l'entrée de la grotte, Jason lève les bras en l'air et s'adresse de nouveau à ses mjölnirs : «Mjölnirs! Retour!» leur ordonne-t-il. Les marteaux interrompent sur-le-champ leur mouvement rotatif et retombent dans les mains gantées du jeune homme, qui les replace avec agilité dans les étuis de son ceinturon.

— Bien joué, cow-boy, déclare Ael en pénétrant à l'intérieur de la grotte. Je suis certaine qu'un jour on chantera des chansons *country* pour se rappeler tes exploits.

Arielle s'enfonce plus profondément dans la grotte. Contrairement aux autres parois, celle du fond n'est pas rocheuse. Elle est plane et lisse. On dirait un petit étang d'eau tranquille, mais placé à la verticale. L'eau est noire, opaque ; on ne voit rien à travers.

— Le passage vers Midgard, dit Geri qui s'est approché d'Arielle. C'est par là que nous sommes arrivés.

— Pourquoi je me suis réveillée à l'extérieur ? demande la jeune fille.

Geri lui explique que les morts se dirigent machinalement vers l'Elvidnir lorsqu'ils sont à proximité de l'Helheim. Une force magnétique les attire vers le palais de Hel. Ils y vont sans réfléchir, un peu comme des zombies. La même chose leur est arrivée lorsqu'ils sont sortis du passage. Mais comme ils ne sont pas encore morts et que leur âme demeure rattachée au monde des vivants, ils n'ont été soumis à cette force magnétique que pendant quelques minutes. Ces quelques minutes de « vide » spirituel les ont cependant obligés à quitter la grotte et à commencer leur marche vers l'Elvidnir. C'est seulement lorsque leur âme s'est finalement mise au diapason de leur corps et en a repris le plein contrôle qu'ils se sont éveillés. Au milieu de la plaine enneigée, pour la plupart d'entre eux.

— C'est ce qui est arrivé à Noah ? Il a marché dans ce froid jusqu'à la demeure de Hel ?

Le doberman acquiesce.

— À quel moment les morts cessent-ils d'être des zombies ? l'interroge Arielle.

Geri garde le silence. Arielle redoute le pire.

— Tu veux dire qu'ils ne reprennent jamais le contrôle de leur esprit ? Mais c'est affreux !

— C'est le royaume des morts, ici, intervient Ael, pas Disneyland !

Arielle n'accorde aucune attention à la jeune alter.

— Pourquoi Noah ne m'a pas prévenue ? poursuit-elle.

— Il ne voulait pas t'inquiéter, répond Geri.

Ne pas m'inquiéter ? Arielle trouve l'intention louable, mais conclut que c'est totalement raté. Elle réfléchit un moment, puis demande à Geri s'il existe un moyen d'« éveiller » la jeune version de Noah une fois qu'ils l'auront retrouvée.

— Peut-être, fait l'animalter. Noah n'a pas été clair à ce sujet. Il a dit que, le moment venu, tu saurais quoi faire.

Ael se faufile entre eux et s'approche du passage.

— On attend le chat ou on part tout de suite ?

Étant donné le décalage temporel qui existe entre la Terre et l'Helheim, Brutal ne les rejoindra que beaucoup plus tard. Peu importe, Arielle n'a pas l'intention de l'abandonner ici.

– Je ne pars pas sans mon animalter, dit-elle. Nous attendrons.

– C'est toi le patron maintenant ? demande Ael.

– Oui, et je te conseille de t'y habituer.

Ael jette un coup d'œil en direction des autres. Il devient clair pour elle que les deux dobermans et le lanceur de marteaux se rangeront du côté d'Arielle. Pour l'instant, elle juge donc préférable d'adopter un profil bas. Il sera toujours temps plus tard de leur montrer qui est la véritable *leader* du groupe.

– D'accord, déclare-t-elle sur un ton conciliant, ce qui ne manque pas de surprendre tout le monde. C'est toi le patron !

C'est à ce moment que trois formes sombres surgissent dans la grotte, derrière Jason et Freki. Leur apparition est accompagnée de bruits ressemblant à des grognements, et qui font écho contre les parois rocheuses.

Freki recule lentement et vient rejoindre les autres pendant que Jason dégaine de nouveau ses mjölnirs.

– Qu'est-ce que c'est que ça ? demande Geri.

Les trois formes noires ressemblent à des chevaux. Des chevaux tout droit sortis de l'enfer. Les bêtes ont un comportement nerveux ; elles se déplacent et grognent comme des prédateurs impatients de s'attaquer à leur proie. Une vapeur blanche s'échappe de leurs naseaux lorsqu'elles expirent. Deux yeux rouges, empreints d'une voracité malsaine, brillent au milieu de leur crinière emmêlée, ce qui accentue leur air menaçant.

– Arielle Queen! déclare soudain une voix d'homme.

Les bêtes sont montées par des cavaliers. La voix de celui qui a parlé n'est pas inconnue à Arielle.

– Qui aurait cru qu'on se reverrait aussi tôt! ajoute-t-il.

De manière agile, le cavalier descend de sa monture. C'est au moment où il pose le pied par terre qu'Arielle le reconnaît.

– Nomis, murmure-t-elle.

Il semble l'avoir entendue, car il hoche la tête pour confirmer qu'elle ne s'est pas trompée.

– N'avance pas! le prévient Jason en le menaçant de ses mjölnirs.

Nomis éclate de rire en apercevant les deux marteaux.

– Sinon quoi, chevalier? Tu vas m'enfoncer un clou au milieu du front?

Jason passe à l'attaque, mais Nomis est trop rapide. Il empoigne le chevalier fulgur et le projette violemment contre une des parois rocheuses. Le jeune chevalier roule sur le sol après l'impact, mais ne tarde pas à se relever. Il tient toujours ses marteaux: «Mjölnirs! Boomerang!» s'écrie-t-il en les lançant vers Nomis. Les marteaux filent en direction de l'alter comme deux projectiles. Celui-ci a juste le temps de les éviter. Après avoir fait un tour complet autour de lui sans l'avoir touché, les mjölnirs retournent dans les mains de Jason.

– Tu devrais revoir ta technique! lance Nomis dans un ricanement en sortant son épée fantôme.

Arielle et les dobermans ont déjà dégainé les leurs. Ils se portent immédiatement à la défense de Jason. Ael est la seule à ne pas réagir.

– Vous ne devriez pas faire ça, les prévient-elle. Au cas où vous ne l'auriez pas remarqué, Nomis n'est pas venu seul, s'empresse-t-elle d'ajouter en faisant allusion aux deux autres cavaliers.

Arielle et les animalters ne l'écoutent pas et foncent sur Nomis.

– Je vous aurai avertis, ajoute Ael, qui ne semble pas faire grand cas de leur entêtement.

Un des cavaliers bondit de sa monture et atterrit entre Nomis et ses assaillants. D'un mouvement vif, il réussit à glisser la pointe de son épée sous la gorge de Geri, qui est forcé de s'immobiliser.

– Un pas de plus et Fido s'envole pour le paradis des chiens, dit le cavalier.

Arielle et Freki s'arrêtent, ne voulant pas mettre la vie de leur ami en danger. La jeune élue examine le cavalier. Elle reconnaît ses traits, mais surtout… sa cicatrice.

– Noah?

Le cavalier éclate de rire.

– Mauvaise réponse, ma belle! répond-il en assénant un violent coup sur la mâchoire de Geri avec la garde de son épée.

Geri s'écroule sur le sol, inconscient.

– Ce n'est pas Noah, précise Freki. C'est…
Razan.

10

Pendant un instant, Arielle a cru que c'était Noah qui se trouvait devant elle.

Mais la cruauté qui émane de cet être prouve bien qu'il s'agit du démon alter Razan, celui que Noah ne pouvait contrôler sans son médaillon demi-lune, celui qui oblige son oncle Yvan (le vieux Noah) à s'enivrer toutes les nuits.

– C'est ce que j'essayais de vous expliquer, déclare Ael derrière eux. Nomis n'est pas venu seul. Il a amené son meilleur copain avec lui.

Arielle est surprise de voir à quel point le démon alter ressemble à Noah. *Même sa cicatrice est identique,* pense-t-elle. *Mais c'est normal, rappelle-toi : Noah adopte l'apparence de Razan lorsqu'il devient alter, tout comme toi tu prends celle d'Elleira.*

– Ma force a décuplé, constate Razan en observant tour à tour sa main et le corps inerte de Geri à ses pieds.

– Ça t'étonne ? lui dit Nomis en se plaçant à ses côtés. Tu es à cent pour cent alter maintenant que tu es séparé de Noah et de ses faiblesses humaines. Ta puissance n'est plus diluée à présent, elle est pure.

C'est ce qui explique pourquoi Arielle est plus puissante que les autres alters dans son royaume d'origine, la Terre. Privée d'Elleira, elle détient seule les pouvoirs procurés par son corps d'alter, et réussit donc à les canaliser plus facilement que les autres démons, qui doivent en tout temps composer avec leur moitié humaine. Mais cela signifie-t-il pour autant qu'elle soit aussi puissante que Razan et Nomis dans ce royaume-ci? C'est à vérifier, et c'est bien ce qu'elle a l'intention de faire. Plus tôt que tard, d'ailleurs.

Elle s'avance vers l'alter de Noah tout en brandissant son épée.

– Éloigne-toi de Geri! lui ordonne-t-elle.

Razan la fixe un moment en silence. Il s'adresse ensuite à Nomis, sans quitter Arielle des yeux:

– Elle est pas mal du tout, dit-il avec un sourire en coin. Je comprends pourquoi Noah est tombé amoureux d'elle.

Arielle le déteste déjà; elle le trouve déplaisant et arrogant, tout le contraire de Noah.

– Et toi, Arielle, tu l'aimes, ce pauvre Noah? demande Razan.

– C'est vrai, on ne l'a jamais vraiment su, renchérit Nomis. Pour ma part, j'ai toujours pensé qu'elle préférait ma contrepartie humaine, le beau Simon Vanesse.

Arielle n'a plus qu'une seule envie: engager le combat pour les faire taire. Elle jette un coup d'œil en direction de Freki. Il est prêt lui aussi.

— Du calme, l'orangeade, déclare soudain la voix d'Ael. Abaisse ta lame et recule de quelques pas.

Arielle se retourne, mais ne réussit pas à voir la jeune alter derrière elle. Celle-ci s'est déplacée vers la paroi rocheuse, là où se tient Jason. Elle s'est faufilée derrière le chevalier fulgur et lui a placé une dague fantôme sous le menton, avec l'intention ferme de lui trancher la gorge si ses consignes ne sont pas respectées.

— Fais ce que je te dis, Arielle, lui conseille Ael, sinon je te prive de ton nouveau compagnon.

— Je me doutais bien qu'elle finirait par nous faire un coup pareil, laisse tomber Freki sans dissimuler son dégoût.

Nomis se tourne vers Ael.

— On peut compter sur toi en toutes circonstances, la félicite-t-il.

— J'ai toujours été fidèle en amitié, réplique la jeune alter. Dis-moi, qui vous a prévenus de notre arrivée?

— Loki est un dieu très perspicace. Tu le constateras par toi-même.

— Tu manques beaucoup à Reivax, dit Ael. Il a hâte de te revoir.

— Que le vieux en fasse son deuil: je ne retournerai pas de l'autre côté.

— C'est pour cette raison que je suis venue, lui confie Ael. Reivax veut que je te persuade de revenir.

C'est Razan qui répond cette fois-ci:

— Nomis et moi sommes des seigneurs dans ce monde. Loki a fait de nous ses capitaines. Il n'est pas question de retourner sur la Terre.

Il ajoute qu'il préférerait mourir plutôt que de remettre les pieds là-bas, et vivre de nouveau enfermé dans le corps et l'esprit d'un humain. Ce maudit médaillon demi-lune, qui le confinait à un rôle de spectateur sur la Terre, n'exerce plus aucune emprise sur lui dorénavant. Il s'en réjouit et jure de ne plus jamais se laisser dominer par quiconque. Plus jamais, répète-t-il avec vigueur, il ne vivra comme un mauvais génie enfermé dans une bouteille.

– D'ailleurs, aucun d'entre vous ne repartira vers Midgard, poursuit Razan. Loki et Hel ont l'intention d'exécuter les deux élus ce soir, une fois qu'ils les auront réunis, pour mettre enfin un terme à cette maudite prophétie. Ils avaient le garçon… ils ont maintenant la fille. On célébrera bientôt leur mort dans tout l'Helheim, croyez-moi. Une grande fête sera donnée pour souligner cet événement.

Le troisième cavalier descend de sa monture et vient retrouver Nomis et Razan. Il est grand et svelte et porte un uniforme identique à celui des alters. Il a de grands cheveux noirs qui lui descendent jusqu'aux épaules. Un large fourreau pend à son ceinturon. Ce n'est pas une épée fantôme qui se trouve à l'intérieur, mais un sabre.

– Notre ami Jenesek prendra soin des dobermans et du chevalier fulgur pendant que nous chevaucherons vers la citadelle, déclare Nomis. Loki et Hel sont impatients de rencontrer la seconde élue.

Jenesek s'approche d'Arielle et de Freki.

– Vos épées, exige-t-il, les mains tendues.

Arielle et Freki doivent se résoudre à céder leurs armes ; toute protestation de leur part mettrait en danger la vie de Jason. Bien malgré eux donc, ils remettent leurs épées à Jenesek.

– Sage décision, fait remarquer le grand alter.

Après avoir donné les épées d'Arielle et de Freki à Nomis, Jenesek dégaine son sabre fantôme et pose la pointe recourbée de la lame sur la poitrine de Freki. Il oblige l'animalter à s'écarter d'Arielle pendant que Razan empoigne brutalement cette dernière et l'attire à lui.

– Tu es vraiment délicieuse, lui glisse Razan à l'oreille.

La jeune fille tente de le repousser, en vain. Elle se rend compte qu'il est très fort, probablement plus fort que tous les autres alters qu'elle a rencontrés jusqu'ici.

– Heureux que tu sois enfin parmi nous, Vénus ! s'exclame Razan sans relâcher sa prise.

– Ne m'appelle pas comme ça !

– Pourquoi ? Il y a seulement Noah qui est autorisé à t'appeler…VÉNUS ?

Razan éclate de rire. Sous sa forme alter, Arielle se sent généralement plus courageuse, mais ce Razan lui fait peur… il la terrifie. Il est imprévisible et elle a le sentiment qu'il est capable de tout – surtout du pire – pour arriver à ses fins.

Ael ordonne à Jason de se débarrasser de ses marteaux. Le chevalier hésite un moment, mais la présence de la dague fantôme sur sa gorge le décide finalement à laisser tomber les deux mjölnirs sur le sol. D'un coup de pied, la jeune alter les expédie loin de leur propriétaire.

– Je t'ai fait cadeau de ta vie, cow-boy, lui dit-elle après l'avoir confié aux soins de Jenesek. Et peut-être même d'un peu plus.

Peut-être même d'un peu plus? Qu'est-ce qu'elle a voulu dire? Arielle n'a pas le temps d'y réfléchir davantage: devant elle, Jenesek oblige Jason et Freki à transporter le corps inerte de Geri jusqu'au fond de la grotte. Les menaçant de son sabre, le grand alter les contraint ensuite à s'agenouiller devant lui.

– Coupe-leur la tête dès qu'on aura quitté la grotte, lui ordonne Nomis. C'est le seul moyen de s'assurer qu'ils ne nous causeront plus de problèmes.

– Non! s'écrie Arielle. Ne faites pas ça!

Razan l'entraîne vers son cheval et l'oblige à grimper sur le dos de l'animal, avant de s'y installer lui-même. Nomis retourne aussi sur sa monture. Ael monte avec lui.

– Ne les tuez pas! supplie Arielle en s'adressant à Jenesek.

Elle est assise devant Razan, emprisonnée entre ses puissants bras d'alter.

– Ne les tuez pas…, répète-t-elle dans un murmure. Ce sont mes amis.

Nomis et Ael quittent la grotte les premiers. Razan assène de violents coups de talon à sa monture pour la faire déguerpir. Arielle doit s'accrocher à l'alter pour ne pas tomber. Cette soudaine proximité la dégoûte.

– Allez, hue! s'écrie Razan alors qu'ils émergent de la grotte et s'élancent dans la plaine enneigée, sous le rayonnement mixte de la lune et du soleil.

Devant eux, Nomis et Ael ouvrent la voie. Arielle ne peut s'empêcher de lancer un dernier regard par-dessus son épaule, en direction de la grotte. Comment a-t-elle pu abandonner Jason et les dobermans aux mains de Jenesek? Ils n'ont aucune chance contre la lame de son grand sabre. Désarmés, ils sont confrontés à une mort certaine. Arielle songe que ses propres chances de survie ne sont guère meilleures: «Loki et Hel ont l'intention d'exécuter les deux élus ce soir, a affirmé Razan. Une fois qu'ils les auront réunis.»

11

Le cheval de Razan et d'Arielle suit celui de Nomis pendant tout le trajet.

Au-dessus d'eux, la lune et le soleil se partagent toujours le ciel gris, mais, à l'horizon, le paysage a déjà commencé à changer. La plaine ne s'étend plus à l'infini. Arielle peut apercevoir au loin les hautes murailles de l'Helheim, qui se font de plus en plus imposantes à mesure qu'ils s'en approchent. Et plus loin encore, protégé par l'enceinte, s'élève un pic rocheux qui semble dominer tout le royaume des morts. Sur le sommet de la montagne est érigé un palais de glace : *l'Elvidnir*, songe Arielle. *La demeure de Hel. C'est là-bas que vivent les dieux du mal en compagnie de leurs soldats et serviteurs, les alters nocta. C'est aussi là-bas qu'ils gardent Noah, enfermé dans un des cachots du Galarif.*

Pour parvenir au Gnipahellir, le portail de l'Helheim, il leur faudra franchir le pont de la rivière Gjol. La rivière Gjol est un cours d'eau déchaîné, qui ceinture entièrement la citadelle.

Impossible de la traverser à la nage. Des vautours aussi grands que des condors survolent la rivière en permanence. Tenter d'atteindre l'autre rive par la voie des airs relèverait du suicide.

Arielle sent ses membres s'engourdir de plus en plus; depuis leur départ de la grotte, Razan la maintient solidement contre lui, pour restreindre ses mouvements et empêcher qu'elle ne s'échappe. L'alter profite également de cette proximité forcée pour glisser des insanités à l'oreille de la jeune fille: «Ils commenceront par embrocher Noah vivant et t'obligeront à le regarder rôtir au-dessus d'une braise ardente.» Ou encore: «Ils vous écorcheront, lamelle de chair par lamelle de chair, et les feront griller comme du bacon avant de les livrer en pâture à Hraesvelg, le Mangeur de cadavres!»

Arielle n'a pas l'intention de se laisser distraire par ces bêtises. Elle s'oblige plutôt à penser aux dobermans et à Jason. Sont-ils encore en vie? Ont-ils préféré se mesurer à Jenesek et à son sabre plutôt que de se laisser décapiter? Si c'est le cas, ont-ils réussi à le désarmer et à le mettre hors d'état de nuire? Et Brutal? Que se passera-t-il lorsqu'il émergera à son tour du passage? Découvrira-t-il les corps mutilés de ses compagnons? Mais peut-être que Jenesek sera encore dans la grotte? Le chat animalter goûtera-t-il alors à la médecine du grand alter? Si, par bonheur, Brutal ne doit pas affronter Jenesek lors de son arrivée, entreprendra-t-il alors sa marche de zombie vers l'Helheim, comme les autres avant lui? Comment réagira-t-il lorsqu'il s'éveillera seul au milieu de la plaine enneigée ? Arielle donnerait cher pour obtenir des réponses à ces questions. La seule chose qui parvient à la réconforter pour le moment, c'est la possibilité de revoir Noah. Mais, en même temps, cette éventuelle rencontre n'est pas sans l'inquiéter : Noah sera-t-il toujours sous l'emprise maléfique de Hel ? Se rappellera-t-il avoir vécu sur la Terre, parmi les vivants ? La reconnaîtra-t-il lorsqu'il la verra ? Se souviendra-t-il de l'amour qu'il avait pour elle ?

Ils arrivent bientôt à proximité de la rivière. Le pont suspendu qui relie les deux rives est fait de cordage et de bois. Une bête poilue en garde l'entrée. On dirait un énorme loup.

– Garm semble affamé aujourd'hui ! fait remarquer Nomis devant eux.

– On pourrait lui servir une élue comme hors-d'œuvre ! propose Ael.

La jeune alter se retourne et adresse un sourire narquois à Arielle. « Sale chipie ! » maugrée cette dernière entre ses dents. Jason et les dobermans ont peut-être été tués à cause d'elle. « Elle va me payer cher sa trahison ! »

Garm, le chien vorace, se met à grogner en les voyant approcher. Nerveux, il se déplace de gauche à droite, sans quitter les nouveaux arrivants des yeux. Il rétracte ses lèvres et exhibe ses longs crocs blancs, ce qui en dit long sur son humeur. Ce ne sont pas des aboiements qui sortent de sa gueule, mais des rugissements de grand félin.

– Modgud ne tardera pas, leur dit Nomis alors que les deux chevaux avancent côte à côte. Évitez de la regarder si vous ne voulez pas vous retrouver avec deux yeux frits.

Au bout d'un moment, Garm semble se calmer et se poste devant l'entrée du pont pour en bloquer l'accès. Une silhouette se matérialise derrière lui. Arielle détourne aussitôt le regard, sachant qu'il s'agit de Modgud, la fée ténébreuse, et qu'elle ne doit pas la regarder. Elle fixe plutôt ses yeux sur Garm, pour lui montrer qu'elle ne le craint pas, comme le vieux Noah l'a conseillé à Ael avant leur départ : « Ne le quitte surtout pas des yeux, a-t-il dit, il prendrait cela pour un signe de faiblesse et t'attaquerait sur-le-champ. »

– Qui demande le passage ? lance une voix de vieille femme, probablement celle de Modgud.

– Des serviteurs de Loki et de Hel, répond Nomis d'une voix forte.

Lui non plus ne regarde pas la vieille fée, note Arielle. Nomis continue :

– Nous sommes Razan et Nomis, capitaines de la garde personnelle du seigneur Loki. Le passage nous a été accordé plus tôt, et nous le requérons de nouveau. Notre maître nous attend dans la citadelle.

– Qui sont ces jeunes filles ? demande Modgud. Elles sont fort jolies.

Arielle devine à son ton que la vieille fée envie leur jeunesse, mais surtout leur beauté.

– Des présents pour Loki et Hel. L'une d'elles est l'élue de la prophétie.

– L'élue de la prophétie ? Une descendante de la lignée des Queen ? Puis-je la garder avec moi ?

Un seul bain dans son sang suffirait à régénérer ma vieille peau millénaire !

– C'est malheureusement impossible, vénérable Modgud, réplique Nomis. Elle doit être remise à Loki… dans son intégralité.

Arielle n'a pas besoin de voir le visage de Modgud pour ressentir sa déception.

– Dommage, soupire la vieille fée. La cure de jeunesse, ce sera pour une autre fois, alors !

Arielle entend des bruits de pas sur le pont. Modgud s'est sans doute écartée pour les laisser passer. Garm cesse de grogner et se déplace à son tour. La voie est maintenant libre.

– Bienvenue dans l'Helheim ! déclare la voix de Modgud alors que les deux chevaux s'avancent sur le pont. Que la mort vous soit douce !

Le chien et la vieille fée se trouvent maintenant derrière eux. À voir la tête des autres, Arielle suppose qu'elle n'est pas la seule à en être soulagée. Malgré la force du vent, le pont demeure stable. Les chevaux progressent lentement, mais avec assurance. La jeune fille ne peut s'empêcher d'observer la rivière Gjol qui moutonne sous eux. Le mouvement des eaux est d'une telle violence ! S'il advenait qu'elle sorte de son lit, la rivière ravagerait tout sur son passage, Arielle en est convaincue.

– Le bien n'a jamais franchi les limites de ce pont ! s'écrie Razan pour couvrir le grondement furieux des flots.

À celui-ci se mêlent les cris stridents des vautours, qui décrivent des cercles sans fin au-dessus de la rivière.

– N'est-ce pas merveilleux d'être ainsi entouré par le mal? ajoute Nomis, qui semble se réjouir de cette situation.

Les hautes murailles de la citadelle s'élèvent maintenant à quelques mètres devant eux. Elles ont la forme et la couleur des glaciers de l'Antarctique. Les deux lourdes portes de métal qui constituent le portail de l'Helheim font contraste au milieu de ce rempart aux reflets bleutés.

– J'ai bien peur que derrière ces portes se trouve ta dernière demeure, déclare Razan à Arielle.

Les chevaux quittent enfin le pont et se placent face au portail. Celui-ci commence à s'ouvrir aussitôt que Nomis annonce leur arrivée. D'un coup de talon, Razan fait avancer sa monture. Arielle et lui précèdent Nomis et Ael à l'intérieur de la citadelle.

– Je devrai bientôt te livrer à Loki, mon maître, murmure Razan à l'oreille d'Arielle alors qu'ils passent le premier corps de garde. C'est dommage… je commençais à m'attacher à toi.

Le jeune alter se penche vers sa prisonnière et tente de l'embrasser, mais celle-ci le repousse d'un coup d'épaule.

– Ne me touche pas, démon! lui ordonne-t-elle.

– Moi, un démon? répond Razan en feignant d'être offensé. Comment peux-tu dire ça? On se connaît à peine!

Le paysage à l'intérieur de la citadelle est aussi froid et morne que celui à l'extérieur. Il est plat et recouvert de neige. De petits monticules rocheux émergent ici et là entre les bâtiments anonymes qui peuplent la plaine. Des milliers d'hommes vêtus comme des alters sont regroupés autour de ces constructions qui ressemblent à des baraquements militaires. Certains soldats s'entraînent, d'autres semblent monter la garde. On dirait qu'ils se préparent à contrer une invasion.

– L'armée de Loki, dit Razan. Et ce régiment n'en représente qu'une infime partie. La majorité des soldats est affectée à la surveillance des damnés, dans les prisons du Galarif. C'est là-bas que croupit ton beau Noah, en compagnie de milliards d'autres non-vivants!

Des corps de garde sont disposés à intervalles réguliers sur la route menant au pic rocheux qui trône au centre de la citadelle. Après avoir atteint la base de la montagne, Nomis et Razan font prendre à leurs montures le chemin sinueux qui conduit au sommet, là où est érigé le palais de Hel et de Loki, l'Elvidnir. Les chevaux sont rapides, plus rapides que des chevaux ordinaires. En peu de temps, ils atteignent les remparts du palais et s'engagent sur la passerelle traversant les douves. Ils passent sous deux barbacanes glacées avant de finalement franchir le pont-levis et de pénétrer dans la cour intérieure du palais.

Razan immobilise son cheval devant un groupe d'alters lourdement armés qui se portent à leur rencontre. *Ce sont des soldats*, songe Arielle en voyant leurs ceinturons bourrés d'injecteurs acidus et de dagues fantômes. Ils portent à la taille une épée à large pommeau (en forme de lobe, comme elle en a déjà vu dans des livres sur les Vikings) en plus d'un sabre en bandoulière. Leurs uniformes ressemblent à ceux des autres alters, à la seule différence qu'ils semblent plus épais; on dirait presque du kevlar, le matériel dont sont faits les gilets pare-balles. *Des vêtements de protection*, se dit Arielle. *À l'épreuve des pointes de flèches elfiques.*

– Voici l'élue! annonce Razan aux soldats. La superbe championne qui conquerra l'Helheim en compagnie de Noah Davidoff, son amoureux!

Sans délicatesse aucune, il saisit Arielle par les épaules et la jette par terre, au milieu des autres alters. Tout comme Razan, ceux-ci éclatent de rire en la voyant rouler dans la neige. La jeune fille essaie de se relever, mais un soldat alter la renvoie sur le sol d'un coup de pied.

– Ça suffit! s'écrie Ael en sautant du cheval de Nomis.

Elle prend Arielle par le bras et la remet debout alors que les autres alters rient encore à gorge déployée.

– Qu'est-ce qui t'arrive? lui demande Ael. T'as perdu tes pouvoirs ou quoi?

Arielle secoue la tête.

– Je ne sais pas, répond-elle. On dirait que les alters d'ici sont plus puissants… Merci de m'avoir aidée.

– Si j'ai fait ça, c'est juste pour nous économiser du temps, rétorque Ael. Je suis impatiente de te voir rôtir!

Du haut de son cheval, Nomis s'adresse aux soldats:

– Conduisez-la devant le seigneur Loki, leur ordonne-t-il. Notre maître brûle d'impatience de rencontrer celle qui deviendra sa pire ennemie, selon les prophéties anciennes.

Les soldats obéissent aussitôt. Une demi-douzaine d'entre eux se placent autour d'Arielle et la forcent à avancer. Ael et les soldats escortent la jeune élue jusqu'à la demeure seigneuriale.

– Tu as laissé mourir Jason et les dobermans, dit Arielle alors qu'Ael marche à ses côtés. Comment as-tu pu faire ça?

– Tu as oublié que je suis une alter, réplique Ael. Je resterai toujours loyale envers mes frères, qu'ils soient de ce royaume ou d'un autre.

12

*Ael et Arielle sont accueillies
par un autre groupe de soldats
à l'entrée de la demeure
seigneuriale.*

Ceux-ci font sans doute partie de la garde personnelle de Loki et de Hel. Ils sont plus légèrement armés que leurs collègues, mais n'en ont pas moins l'air dangereux. Ils conduisent les deux jeunes filles le long d'un couloir, qui finit par déboucher sur une vaste salle au fond de laquelle s'élèvent deux trônes sculptés dans la glace.

Arielle se met à frissonner dès qu'elle met un pied dans la salle, mais ses tremblements sont vite remplacés par un engourdissement intégral. Elle doit se frotter vigoureusement les bras pour se réchauffer. Ce n'est pas la basse température qui lui glace les os, mais plutôt l'absence du bien. L'amour et la bienveillance n'ont pas leur place ici. Le mal et la mort occupent tout l'espace; ils sont omniprésents entre les murs du palais, particulièrement dans cette pièce.

Les gardes forcent Arielle à avancer jusqu'au centre de la salle. Razan et Nomis se placent derrière elle et l'obligent à s'agenouiller, puis à se prosterner devant les deux trônes vides.

— Je ne me doutais pas qu'elle serait si jolie! déclare une voix caverneuse qui fait écho dans toute la pièce.

La jeune fille relève la tête. Un homme et une femme se tiennent debout à côté des trônes. Ils l'observent en souriant. L'homme porte un complet noir, de coupe classique. Ses cheveux châtains sont courts et bien coiffés. Son visage ne montre aucune hostilité; il semble plutôt avenant. La femme, quant à elle, est très grande. Elle fait presque deux fois la taille de l'homme. C'est une belle femme, malgré sa taille démesurée. Bien que doux, son visage ne laisse transparaître aucune émotion. Elle a de longs cheveux bouclés et porte une magnifique robe de soie blanche.

— Relève-toi, jeune Queen, dit l'homme.

Arielle obéit et se remet lentement sur ses pieds.

— Ils n'ont pas été trop durs avec toi, j'espère?

L'adolescente ne répond pas.

— Ne sois pas timide, poursuit l'homme. Tu sais qui je suis? Je suis Loki, fils de Farbauti et de Laufey. Dans les livres, on me nomme parfois le «calomniateur des dieux» et le «pourrisseur des hommes». On dit de moi que je suis un dieu malveillant et sarcastique. On dit aussi que je suis le dieu du mal; un genre de mélange entre Satan et Hadès. Je peux t'assurer que ceux qui affirment ça ne connaissent pas ma fille, la charmante Hel. Encore plus vilaine que son père, celle-là...

– Cesse tes compliments, père, lance Hel d'une voix grave.

Lentement, la souveraine de l'Helheim prend place sur le trône de droite, le plus large des deux, pendant que Loki s'installe sur celui de gauche. Ensemble, ils fixent Arielle en silence.

– Tu es la première Queen à visiter l'Helheim, déclare Hel au bout d'un moment. Pourquoi tant de témérité, jeune fille? Pourquoi risquer ainsi ta vie? Noah Davidoff est-il à ce point important à tes yeux?

Après avoir hésité quelques instants, Arielle répond:

– Sans Noah, je ne pourrai pas accomplir la prophétie.

Le visage de Hel, tantôt immobile, se transforme soudain en une horrible grimace.

– La prophétie? répète-t-elle en éclatant d'un rire démoniaque. Petite sotte! Tu crois vraiment que cette stupide prophétie va se réaliser?

Arielle la laisse se moquer pendant quelques secondes avant de déclarer:

– Oui, je le crois. De tout mon cœur.

Cette réplique met un terme aux ricanements diaboliques de Hel. Elle se lève et pointe un doigt menaçant en direction d'Arielle.

– Les dieux ne craignent pas les prophéties! vocifère-t-elle. Ce sont eux qui les font!

Son doigt long et fin se racornit à mesure qu'elle hausse le ton. La peau blanche de sa main s'assombrit.

– Les mortels ne peuvent rien contre nous ! s'écrie la déesse tout en s'avançant vers Arielle.

La métamorphose de Hel s'accélère. C'est non plus seulement la peau de ses mains qui perd de son éclat, mais son épiderme tout entier. Ses membres se rétrécissent et se tordent, comme s'ils s'asséchaient. Lorsque l'aridité atteint son visage, celui-ci se flétrit, et ses yeux, devenus gris, s'enfoncent plus profondément dans leurs orbites. Son dos se courbe, alors que son nez et ses oreilles s'allongent. Une rigidité de pierre se répand sur tout son corps et de petites ailes apparaissent dans son dos. Elle a perdu tous ses cheveux, et sa robe de soie n'est plus que lambeaux lorsqu'elle s'arrête enfin devant Arielle. La beauté et la grâce l'ont définitivement abandonnée. Petite, grise, recroquevillée sur elle-même, la déesse du royaume des morts ressemble maintenant à une gargouille, comme celles que l'on retrouve sur le toit des églises.

– La colère lui va si bien ! s'exclame Loki du haut de son trône.

Sous cette forme, Hel donne l'impression d'être beaucoup plus vulnérable, mais rien n'est plus faux : la déesse n'a rien perdu de sa vigueur. D'un mouvement agile, elle emprisonne la gorge d'Arielle dans une de ses mains osseuses et la soulève de terre. De son autre main, elle lui arrache le médaillon demi-lune et le lance à Loki.

– L'œuvre d'art revient enfin à son créateur ! déclare celui-ci en attrapant le bijou.

La métamorphose d'Arielle a déjà commencé. Privée du médaillon, elle redevient la petite rouquine trapue au visage parsemé de taches de rousseur.

— Étonnant qu'une si petite chose puisse détenir un aussi grand pouvoir, fait remarquer Loki en examinant le médaillon.

Une fois qu'Arielle a repris son apparence originale, la déesse du royaume des morts relâche sa prise et libère enfin la jeune fille, qui retombe lourdement sur le sol.

— Tu as pensé à emporter des vêtements de rechange ? lui demande Ael en voyant que les vêtements de la rouquine ne sont plus à sa taille. Mais j'y pense : l'uniforme des prisonniers t'ira très bien !

Arielle se relève péniblement, tandis que Hel retourne s'installer sur son trône de glace, auprès de son père. La régénération de la déesse est presque immédiate : elle retrouve sa grâce et sa beauté aussitôt qu'elle se calme.

— La prophétie dit que les alters nocta disparaîtront de Midgard le jour où les médaillons demi-lunes formeront de nouveau un cercle parfait, affirme la déesse.

Les gardes se regroupent autour d'Arielle et lui passent une paire de menottes dorées aux poignets. Tout en se réjouissant du spectacle, Hel continue de citer la prophétie :

— Après avoir vaincu les alters nocta et les elfes noirs, les deux élus descendront au royaume des morts pour combattre les forces du mal et conquérir l'Helheim. La victoire du bien sera complète lorsque les deux élus ne feront plus qu'un, conclut la déesse avec une solennité feinte.

Hel perd soudain tout son sérieux et se met à rire.

– C'est vrai, ajoute-t-elle, bientôt vous ne ferez plus qu'un : vous partagerez la même broche lorsqu'on vous fera rôtir sur le feu ! La prophétie n'aura pas menti sur ce point !

Cela ne semble pas amuser Loki qui continue d'observer Arielle en silence. Cette dernière ne bronche pas ; elle soutient le regard du dieu sans sourciller.

– Quel échec lamentable pour la lignée des sœurs reines, tu ne trouves pas ? lui demande Loki au bout d'un moment.

La lignée des sœurs reines ? se répète Arielle. *Qu'est-ce qu'il veut dire ?* «*Ne les écoute pas, Arielle*», lui dit la voix d'Abigaël dans sa tête. «*Ce sont eux qui ont échoué, pas nous !*» ajoute celle d'Annabelle.

– C'est vous qui avez libéré les elfes noirs des prisons de l'Alfaheim ! lance Arielle d'une voix puissante en direction des deux souverains de l'Helheim.

Elle a l'impression que les voix de ses ancêtres se sont unies à la sienne.

– Vous les avez envoyés sur la Terre afin qu'ils réduisent l'humanité en esclavage, poursuit la jeune fille avec la même intonation, et qu'ils s'emparent du royaume des vivants en votre nom. Mais ça n'a pas marché : les sylphors se sont révoltés contre vous. Pour réparer votre première erreur, vous en avez commis une seconde : vous avez créé les alters et leur avez ordonné d'exterminer les elfes noirs. Y sont-ils parvenus ? Non.

Arielle fait une pause, puis ajoute, convaincue de parler au nom de toutes les Queen :

— Nous considérons que vous êtes les seules personnes dans cette pièce à avoir échoué !

Cette dernière réplique fait sourire Loki, contrairement à Hel qui s'empresse de crier à la provocation :

— Petite insolente ! s'indigne la déesse alors que son corps recommence à se flétrir. Comment oses-tu t'adresser à nous sur ce ton ? Emmenez-la dans le Galarif ! ordonne-t-elle à Razan et à Nomis. Et enfermez-la dans le plus profond des cachots !

Les deux alters obéissent sur-le-champ. Ils conduisent Arielle vers une espèce de trappe située à l'extrémité de la salle. La jeune fille repense à ce que lui a dit le vieux Noah avant son départ : « Ne crains rien, tu t'en sortiras. J'étais là, j'ai assisté à ton retour parmi les vivants. Tu as réussi à me sauver, Arielle. »

— Vous ne gagnerez pas ! s'écrie-t-elle, se faisant rudoyer par Nomis et Razan. Aujourd'hui, je le prédis : les deux élus s'échapperont de votre citadelle !

Arielle jette un dernier coup d'œil en direction de Loki et de Hel, alors que la trappe s'ouvre lentement dans le plancher.

— Mais un jour, ils reviendront, je peux vous le jurer, déclare-t-elle aux deux divinités. Un jour, les deux élus et leurs six protecteurs descendront au royaume des morts pour vous combattre… et conquérir l'Helheim !

Loki ne semble pas réagir aux menaces de la jeune fille, tandis que la colère grandissante de

Hel continue de malmener son corps. Dans peu de temps, la déesse aura retrouvé son apparence de gargouille.

— Tu en as assez dit ! grogne Razan en empoignant Arielle par le bras et en l'entraînant vers la trappe.

La trappe s'est ouverte sur un escalier en colimaçon qui s'enfonce au cœur même de la montagne. C'est assurément sous le palais que se trouvent les cachots du Galarif, la prison de l'Helheim.

Avant de disparaître dans la trappe, Arielle aperçoit Ael du coin de l'œil qui lui adresse un dernier au revoir. « *Sayonara*, l'orangeade ! » peut-elle lire sur les lèvres de la jeune alter.

13

La descente d'Arielle ne se fait pas sans difficulté.

Son uniforme d'alter, devenu trop grand à certains endroits et trop étroit à d'autres, l'empêche de se déplacer avec aisance. Elle descend les marches une à une, en prenant soin de ne pas s'empêtrer dans ses vêtements. Nomis la précède dans l'escalier, tandis que Razan se trouve juste derrière elle. L'alter de Noah ne cesse de la presser :

– Allez, avance ! On n'a pas toute la journée !

Leur descente se poursuit encore pendant de longues minutes. Arielle est sur le point de demander une pause lorsque la cage cylindrique de l'escalier se remplit d'un vent glacial. Malgré les puissantes bourrasques, ils franchissent encore quelques marches, puis Nomis s'arrête et se tourne vers la jeune fille.

– Voilà, dit-il, on y est !

Arielle comprend vite pourquoi Nomis s'est immobilisé : ils ont atteint le bas de l'escalier. L'alter se tient sur la dernière marche. Sous lui, il n'y a plus qu'un puits sombre. Le vide.

– Je croyais que vous me conduisiez dans le Galarif? hurle Arielle pour couvrir le bruit des rafales qui ne cessent de se succéder.

D'autres bruits se mêlent à celui du vent; on dirait des battements d'ailes.

– C'est bien là que nous allons! répond Nomis.

Il se retourne lentement et, en silence, se laisse tomber dans le vide.

– Mon Dieu! laisse échapper Arielle en le voyant disparaître dans ce qu'elle croit être un puits sans fond.

Mais ce n'est pas un puits. Les dernières marches de l'escalier sont suspendues au-dessus d'une vaste grotte. Une très vaste grotte, large et profonde, aux dimensions démesurées. Dès que Nomis y pénètre, les milliers de torches accrochées aux parois rocheuses s'enflamment et éclairent sa descente. Arielle aperçoit soudain une énorme bête ailée qui surgit du néant. Un seul battement d'ailes lui suffit pour rejoindre Nomis, qui disparaît rapidement sous elle.

– Elle l'a dévoré! s'écrie Arielle, horrifiée.

Elle cherche aussitôt à faire demi-tour. Elle a à peine le temps de se retourner que Razan la pousse violemment. Arielle perd pied et tombe à son tour dans le vide. Sa chute est accompagnée d'un long cri de terreur, qui s'interrompt seulement lorsqu'elle est rattrapée en plein vol par une bête semblable à celle qui s'en est prise à Nomis. Il s'agit d'un grand dragon à tête humaine, ressemblant à une gargouille. La bête tient fermement l'adolescente entre ses immenses serres. Plus bas, Arielle aperçoit Nomis: il n'a pas été dévoré; il voyage de la même façon qu'elle, entre les serres d'une autre gargouille. À plusieurs mètres au-dessus d'eux, elle entend Razan lancer un cri de kamikaze en se jetant à son tour dans le vide.

– Attention aux vêtements! prévient-il juste avant d'être attrapé par une troisième gargouille. C'est du cuir véritable de Midgard!

La gargouille qui tient Arielle réduit de beaucoup son altitude. Elle suit de peu celle de Nomis. Les deux créatures ont cessé de battre des ailes, préférant se laisser planer tout doucement. La jeune fille réussit à percevoir du mouvement au fond de la grotte à mesure qu'elle s'en approche. Elle voit des gardes alters qui s'affairent ici et là, ainsi que d'autres gargouilles géantes qui sont retenues au sol grâce à un ingénieux système de sangles. Ces créatures sont le seul moyen d'accéder au Galarif... ou de s'en échapper, conclut-elle.

Deux géants poilus à la peau blême et rêche gardent ce qu'Arielle suppose être l'entrée du Galarif. Les deux monstres sont vêtus de haillons et ne semblent pas doués d'une grande intelligence. Les bras pendants, la mine basse, le regard errant, ils déambulent à tour de rôle devant le portail de la prison. *Des trolls*, se dit la seconde élue pour en avoir déjà vu au cinéma et dans des livres de contes. Stupides, mais très dangereux.

Sans prévenir, la première gargouille ouvre ses serres et relâche Nomis. Les craintes d'Arielle se confirment rapidement: sa gargouille ne tarde pas à imiter celle du jeune alter. L'adolescente ne peut retenir un autre cri alors qu'elle s'abîme de nouveau dans le vide. Au sol, elle entend les gardes qui lancent une série de directives. Aussitôt, un des trolls interrompt sa ronde et se place directement sous Arielle et Nomis. Après avoir récupéré Nomis, le troll tend une de ses grosses mains velues en direction de la jeune fille. Il parvient à amortir sa chute en l'attrapant tout en douceur. Pendant un instant, Arielle a l'impression d'être Ann Darrow dans la main de King Kong. Le géant l'examine de tous les côtés avant de lui faire un sourire amical. Il la pose ensuite sur le sol, au milieu d'un groupe de gardes alters. De la pointe de leur épée fantôme, ces derniers obligent la prisonnière à se diriger vers Nomis. Ils sont bientôt rejoints par Razan, qui ne peut retenir une grimace de dégoût en descendant à son tour de la main du troll.

— Je déteste ces gros idiots ! dit-il en balayant son uniforme du revers de la main pour en déloger la poussière. Ils sont sales et puants !

Nomis adresse un commandement aux trolls, qui s'empressent d'ouvrir les deux portes donnant accès au Galarif. Les portes sont étonnamment massives, et hautes de plusieurs mètres. Pour réussir à les déplacer, il est nécessaire de posséder non seulement la taille des trolls, mais aussi leur force colossale.

Autrement mieux gardée que la prison des elfes dans la fosse d'Orfraie, songe Arielle. *Il nous faudra plus que de la sève d'Ygdrasil pour sortir d'ici.*

L'ouverture des portes se fait lentement et est accompagnée d'un bruit de grincement qui fait écho dans toute la grotte. Une fois le passage dégagé, Arielle peut apercevoir le premier niveau du Galarif, la prison de l'Helheim. C'est dans cet endroit que Noah est retenu prisonnier depuis sa mort.

— Ici sont enfermées des milliards et des milliards de créatures, déclare Nomis tout en obligeant Arielle à avancer. Des créatures décédées, en provenance de tous les royaumes. On les appelle les «damnés». Au plus bas niveau se trouvent les sorciers et les mages, poursuit Nomis. Au-dessus d'eux, il y a les elfes noirs, les kobolds et les trolls. Ensuite viennent les nains et les elfes de lumière. Les humains sont gardés au premier niveau, parce qu'ils sont moins dangereux.

— Moins dangereux? répète Razan qui les suit de près. Tu veux dire qu'ils sont faibles, et lâches. Et ils sont tellement laids! Je les méprise encore plus que ces stupides trolls! Odin a commis une erreur en leur offrant Midgard. Les humains n'en sont pas dignes! C'est à nous, alters, que ce royaume aurait dû être confié!

— Un jour, Midgard nous appartiendra, répond Nomis. Lorsque nous aurons vaincu les elfes noirs et réduit la race humaine en esclavage. Loki nous l'a promis.

Arielle secoue la tête.

— Ce jour n'arrivera pas, leur dit-elle. On vous arrêtera avant.

— Qui nous arrêtera? se moque Razan. Toi et ta bande d'animaux domestiques?

Les deux élus vous arrêteront, réplique Arielle intérieurement. *Noah et moi... ensemble.* La prophétie se réalisera, elle en est plus que jamais convaincue. Mais d'où lui vient cette nouvelle assurance? Il y a quelques jours, elle osait à peine s'adresser aux garçons de son école, et voilà qu'elle tient tête à un démon alter réputé pour sa cruauté. *J'ai changé. Je ne suis plus la petite rousse trapue qui n'avait pas confiance en elle,* songe-t-elle. Alors qu'elle examine la peau blanchâtre de ses mains et de ses bras, elle réalise que les événements des derniers jours n'ont pas transformé que sa personnalité. Elle ne reconnaît plus ce petit corps trapu, parsemé de taches de rousseur, qui est censé être le sien. Elle a l'impression d'y être à l'étroit. «*Le futur papillon est toujours prisonnier de sa chrysalide,* dit une voix. *Mais il quittera bientôt son cocon pour s'envoler vers son destin.*» Arielle ne comprend pas ce que cela signifie, mais demeure persuadée que les paroles de son ancêtre n'annoncent que du positif.

L'élue et son escorte alter pénètrent dans la prison de glace. Des gardes en armure viennent à leur rencontre. Les geôliers du Galarif, présume Arielle.

– La seconde élue? demande l'un d'eux en agrippant Arielle par le bras.

Nomis acquiesce.

– Nous vous la confions, dit-il, pour le reste de la journée.

– Tâchez de ne pas trop l'abîmer, ajoute Razan avec un sourire en coin.

Le geôlier émet un grognement d'approbation, puis entraîne Arielle vers l'un des cachots réservés aux humains. La jeune fille tente de se débattre, mais ses efforts sont inutiles : l'alter est trop fort, elle ne peut échapper à sa prise. Ils s'arrêtent devant une porte grillagée que deux autres alters s'empressent de déverrouiller et d'ouvrir.

– Va retrouver tes semblables ! grommelle le geôlier en poussant Arielle à l'intérieur du cachot.

La violence de la poussée est telle que l'adolescente fait une chute et se retrouve sur le sol. Pas de neige ici, réalise-t-elle en rencontrant la surface dure et froide, que de la glace. Une glace bleue et vive dans laquelle sont creusés non seulement l'antichambre du cachot, mais aussi le cachot tout entier.

Arielle se relève, alors que la porte grillagée se referme lentement derrière elle. Elle entend les gardes alters qui rient à l'extérieur. Sans doute se réjouissent-ils d'avoir enfin mis la main sur la seconde élue, convaincus que cela leur permettra d'éviter l'extinction, celle prédite dans la prophétie. Cette capture nourrit également leur espoir de régner un jour sur Midgard. Apparemment, les alters sont les seules créatures des neuf royaumes à n'en posséder aucun. Les hommes ont le leur, les elfes de lumière aussi. Pareil pour les nains, les géants et les dieux. Même les elfes noirs ont leur propre monde. Il n'y a que les alters nocta, les démons bâtards, créés « artificiellement » en séparant le bien du mal chez les hommes pour combattre les elfes noirs, qui ne possèdent aucune véritable patrie. Selon ce qu'Arielle a entendu, Loki et Hel ont promis aux alters un monde bien à eux s'ils réussissent à éliminer les sylphors : « Un jour, Midgard nous appartiendra, a dit Nomis. Lorsque nous aurons vaincu les elfes noirs et réduit la race humaine en esclavage. »

La seule source de lumière provient d'une tour située au centre du cachot. Elle émet un rayon qui balaie l'espace dans un mouvement circulaire, comme un phare dans la brume, éclairant une seule tranche du cachot à la fois. Arielle discerne un nombre incalculable de silhouettes malgré la pénombre. Il doit y avoir des dizaines, sinon des centaines de cachots semblables dans cette partie du Galarif. Il est probable que chacun d'eux accueille des milliers de « décédés » comme ceux-ci. La jeune fille réussit à distinguer plusieurs visages ainsi qu'un alignement de paires d'yeux qui l'observent. Ces traits las et ces regards éteints appartiennent à des hommes et à des femmes de toutes races et de tous âges. Ils sont maigres et livides. Leurs yeux cernés fixent Arielle en silence. *Un silence de mort,* songe-t-elle sans vouloir faire de mauvais jeu de mots. Agglutinés les uns contre les autres, les décédés tiennent à peine sur leurs jambes ; ils semblent en constant déséquilibre. La masse disparate formée par leur attroupement fragile vacille lentement d'un côté, puis de l'autre, rappelant le mouvement d'une vague tranquille.

D'un pas prudent, Arielle quitte l'antichambre du cachot et s'avance vers la première ligne de décédés. Elle s'adresse à celui qui lui semble le plus proche, un vieillard chauve et rachitique, à la peau grise et sèche :

– Mon nom est Arielle, lui dit-elle, ne sachant pas trop comment entamer la conversation.

Le vieillard ne répond pas. Il continue de la fixer de son regard vide.

– Monsieur? poursuit Arielle. Ça va?…

Le seul son qui sort de la bouche du vieil homme est un râlement grave et continu, comme si l'air entrait dans sa bouche et en sortait sans qu'il ait d'efforts à faire pour inspirer ou expirer.

– L'enfer est pavé de bonnes intentions, déclare une voix provenant de plus loin dans la masse. Ne manquaient plus que les tiennes, Arielle Queen.

L'adolescente se hisse sur la pointe des pieds et essaie d'identifier le propriétaire de la voix. Elle ne voit rien au début, mais remarque à un moment que les décédés s'écartent pour libérer la voie à un jeune homme. Elle lui donne le même âge qu'elle, soit environ seize ans. Il paraît en meilleure forme que les autres: ni trop pâle ni trop maigre. Il est plutôt grand, et ses cheveux sont courts et blonds. Il lui fait un signe de la main à travers la foule chancelante, mais c'est seulement lorsqu'il lui sourit qu'elle le reconnaît.

– Simon Vanesse…, murmure Arielle.

14

*Elle n'arrive pas à croire
que c'est lui…*

Simon Vanesse, le capitaine de l'équipe de hockey, la personnalité primaire de Nomis. Il n'y a si longtemps encore, Arielle croyait être amoureuse de lui. C'était avant qu'elle ne découvre l'existence des alters et des sylphors, avant qu'elle ne fasse la connaissance de son frère, Emmanuel Queen, et qu'elle ne découvre la véritable nature de Noah Davidoff.

Simon se fraye un passage jusqu'à elle.

— Ils installent les nouveaux à l'arrière, lui dit-il en faisant allusion aux rangs de décédés. Ceux des premières lignes sont là depuis des millénaires. Ceux du centre, depuis quelques centaines d'années. Tu viens ?

Arielle hésite. Elle trouve étrange que Simon soit venu l'accueillir ainsi. Est-ce une autre manigance des alters ?

— Tu étais au courant de mon arrivée ? demande-t-elle.

Simon acquiesce.

– Les gardes se sont fait un plaisir de nous annoncer qu'ils avaient capturé la seconde élue.

Arielle demeure méfiante.

– Tout le monde connaît la prophétie dans ces cachots, ajoute le garçon pour la rassurer.

Il lui révèle que cette prophétie est la seule chose qui procure un peu de réconfort aux décédés. Elle représente l'unique espoir qu'ils ont de quitter un jour cette prison glaciale et de rejoindre l'Asgard, la demeure des dieux ases et des mannas. Par « mannas », on désigne les âmes des mortels qui désirent vivre en paix.

– Tu peux me faire confiance, poursuit Simon. Sur la Terre, j'étais un jeune imbécile. Ici, j'ai appris à reconnaître l'essentiel. Et l'essentiel, c'est de toujours avoir quelqu'un près de soi sur qui on peut compter. Viens, nous avons un ami commun qui a besoin de ton aide.

Le jeune Vanesse ouvre un chemin à travers les rangs de décédés. Arielle s'empresse de le suivre. Tout en avançant, Simon lui explique que la plupart des humains qui se trouvent dans ce cachot ont eux aussi un alter, et qu'ils en ont été séparés à leur arrivée dans l'Helheim.

– Les personnalités primaires sont immédiatement condamnées à la réclusion éternelle, tandis que leurs contreparties alters sont recrutées dans l'armée de Loki, comme l'ont été Razan et Nomis. Plusieurs de leurs hommes sont postés à l'extérieur du palais. Tu les as certainement vus en venant ici.

Les soldats alters, songe Arielle, *ceux qui s'entraînaient et montaient la garde à l'extérieur, tout près des baraquements.*

— Il y en a des milliers, dit-elle.

Simon confirme d'un signe de tête :

— D'autres s'ajouteront.

Arielle remarque que les décédés cherchent à rencontrer son regard lorsqu'elle passe près d'eux. *Un jour, je devrai délivrer tous ces gens*, pense-t-elle en prenant conscience pour la première fois de la lourde responsabilité que lui impose la prophétie. *Ils comptent sur moi. Saurai-je me montrer à la hauteur ?* Cette soudaine incertitude crée de l'appréhension chez la jeune fille, et contribue à fragiliser l'assurance qui l'habitait un peu plus tôt, et qu'elle croyait inébranlable.

— Je ne m'habituerai jamais à cet endroit, lance Simon. Le froid et l'humidité... Je crois que je préférerais brûler dans un enfer de flammes plutôt que de passer le reste de mes jours dans ce cachot glacial.

— Depuis quand es-tu ici ? demande Arielle qui progresse toujours derrière lui.

Le garçon répond qu'il croupit dans ce cachot depuis que Nomis a pris intégralement possession de son corps. Il précise que les alters sont puissants dans sa famille. Simon est mort lorsque son alter a pris le contrôle de son être, tout comme Xavier, son grand-père.

— C'est arrivé il y a environ un an, en temps terrestre, ajoute-t-il.

— Xavier Vanesse est ici ? s'étonne Arielle.

— Depuis longtemps, oui. Son alter, Reivax, l'a chassé de son corps il y a plusieurs années. Xavier est devenu comme eux maintenant, dit Simon en désignant les rangées de décédés aux regards mornes qui se balancent sur leurs maigres jambes. C'est ce qui nous attend tous, d'ailleurs, précise-t-il en écartant deux vieillards pour libérer le passage.

Ils atteignent enfin l'extrémité du cachot, là où se sont apparemment réunis les nouveaux arrivants, les «récents décédés» pourrait-on dire, ceux qui paraissent encore alertes et bien portants. La lumière de la tour éclaire une silhouette immobile dans un coin du cachot. Arielle reconnaît le vieux Xavier Vanesse. Il est appuyé contre la paroi glacée et fixe le vide avec une totale indifférence. *L'oubli, le renoncement, c'est à ça que ressemble la mort?* songe Arielle. *Je ne veux pas mourir alors... Jamais.*

– J'ai réussi à l'éloigner des anciens décédés, explique Simon en parlant de Xavier. Ici, j'ai parfois l'impression qu'il m'entend quand je m'adresse à lui, ce qui n'était pas le cas quand il se balançait avec les autres.

– Simon, où est Noah? demande Arielle.

Le jeune homme acquiesce, tout en prenant un air amical; il comprend son impatience à retrouver son compagnon.

– Par ici, fait Simon.

Il dirige Arielle vers un endroit peu éclairé, situé à l'écart du lieu où se sont regroupés les récents décédés. «Là», dit-il après avoir désigné un renfoncement dans la paroi de glace. L'adolescente hésite un court moment, puis s'avance vers la petite niche. À l'intérieur, elle trouve le second élu.

– Noah..., murmure-t-elle en s'agenouillant près de lui.

Ce n'est pas le Noah version alter qui se trouve devant Arielle, mais plutôt celui qu'elle côtoyait tous les jours à l'école. Privé de son corps d'alter par Razan, qui en a repris les droits dès son arrivée dans l'Helheim, Noah a été forcé de reprendre son apparence originale.

Le garçon est avachi sur le sol, en position assise. Ses bras reposent mollement sur ses cuisses, et son regard est aussi vide que celui des anciens décédés. Simon rappelle à Arielle que les décédés sont pareils à des zombies lorsqu'ils arrivent dans le royaume des morts. Une force mystérieuse les oblige à traverser la plaine et à marcher vers l'Helheim. Ils reprennent conscience seulement lorsque les remparts de la citadelle sont traversés.

— Mais ça n'a pas été le cas pour Noah, poursuit Simon. Il est comme ça depuis son arrivée. Il ne s'est jamais éveillé. Je ne sais pas pourquoi.

Arielle caresse la joue de Noah, celle qui est barrée par la cicatrice, puis écarte une mèche de cheveux rebelle qui est tombée sur son front. Le second élu ne réagit pas.

La jeune fille se souvient de ce que lui a dit son oncle Yvan, le vieux Noah, lorsqu'il lui a révélé que ce serait elle qui viendrait le secourir dans l'Helheim : « Tu étais là, Arielle, quand je me suis éveillé dans ce cachot. » Il ne s'est pas trompé ; elle se trouve bien là, devant le jeune Noah, devant son Noah, celui qui l'a aimée et protégée depuis qu'ils sont enfants. Mais c'est aussi cet amour et ce dévouement qui ont causé sa perte : il a été tué par Emmanuel, dans la maison de Saddington, alors qu'il tentait de soustraire Arielle à ses ravisseurs.

– C'est maintenant à mon tour de m'occuper de toi, lui chuchote Arielle.

Il lui semble si vulnérable à présent. Il y a quelques jours encore, il paraissait si fort et si vigoureux. Elle a envie de le prendre dans ses bras et de le serrer contre elle. Son cœur se met alors à battre plus vite. Au fond d'elle-même, elle sait que son attachement pour Noah est beaucoup plus que de la simple amitié. « C'est votre amour qui nous sauvera tous », lui a dit Annabelle. *Notre amour?* Arielle est-elle vraiment en train de tomber amoureuse de Noah Davidoff? L'idée que leur éventuel rapprochement ait été prophétisé depuis des siècles ne devrait-elle pas la freiner dans ses élans? Ne devrait-elle pas s'opposer à ce que cet amour lui soit imposé par le destin, ou encore par les générations d'élus qui les ont précédés? Oui, ce serait sans doute la meilleure chose à faire, mais, malgré cela, elle sait qu'un jour viendra où elle ne pourra plus lutter contre ses sentiments : *Je sais que tu seras toujours présent dans mon cœur, Noah Davidoff, comme tu l'as toujours été dans ma vie.*

Le regard débordant de tendresse, Arielle se penche vers le jeune homme.

– Noah, qu'est-ce que je dois faire pour t'éveiller? lui demande-t-elle alors qu'il fixe toujours le vide.

« Arielle… Je veux que tu m'embrasses », répète la voix de Noah dans son esprit. C'est ce qu'il lui a dit juste avant de mourir.

Arielle pose doucement ses lèvres sur les siennes. Rien ne se passe au début, mais, au bout d'un moment, elle sent que le sang recommence à affluer aux lèvres de son compagnon; elles perdent de leur rigidité et s'attendrissent peu à peu, passant de froides à tièdes. La jeune fille interrompt son baiser et recule pour observer le visage de Noah. Il a repris des couleurs, note-t-elle: le teint bleuté de sa peau est lentement remplacé par une couleur plus rosée.

— Souviens-toi, lui dit-elle, le corps n'est que l'ancre de l'âme.

Les yeux de Noah, un instant plus tôt figés, se fixent soudain sur ceux d'Arielle. Son regard s'illumine lorsqu'il rencontre le sien. Cette fois, la jeune fille a peine à contenir ses émotions:

— Noah, parle-moi…

Le garçon hoche la tête, puis essaie de bouger la mâchoire.

— Parle-moi, je t'en supplie…

Il ouvre la bouche.

— Vénus?… murmure-t-il.

Arielle n'a jamais été aussi heureuse d'entendre ce nom; les larmes lui montent aux yeux. Le bonheur de retrouver Noah est si intense qu'il lui noue la gorge.

— Vénus, c'est toi?

L'adolescente acquiesce en silence. Noah lui sourit.

— J'ai rêvé ou tu étais en train de m'embrasser?

— Ce n'était pas un rêve, répond Arielle.

— J'ai fait quoi pour mériter ça? Je t'ai encore sauvé la vie?

Arielle sourit à son tour.

– La vie, tu me la sauveras plus d'une fois, déclare-t-elle en faisant allusion à tout ce qu'il accomplira en choisissant de devenir l'oncle Yvan.

« Une fois que vous m'aurez libéré, nous réussirons tous à nous échapper du monde des morts, a dit le vieux Noah. Mais contrairement aux autres, je choisirai de revenir vingt-cinq ans en arrière, à une époque où tu n'étais pas encore née. » Arielle se demande comment réagira Noah lorsqu'il apprendra qu'il devra retourner dans le passé pour jouer son rôle d'oncle au lieu de revenir avec elle. Doit-elle lui en parler maintenant ? « Souviens-toi, a ajouté le vieux Noah, c'est moi qui vous ai aidées à échapper aux elfes noirs, ta mère et toi. Je savais qu'un jour ou l'autre, j'aurais à vous sauver toutes les deux de Falko et de ses elfes noirs. Un "oncle Yvan" devait exister pour vous protéger. »

Quelque part en Arielle réside toujours l'espoir que les choses s'arrangeront, et que Noah pourra réintégrer son corps à la même époque qu'elle. *Tout est encore possible*, se dit-elle. Les paroles d'Annabelle dans le songe allaient aussi dans ce sens : « Noah doit revenir avec toi, Arielle. Sans lui, nous sommes tous perdus. Ne le laisse pas devenir ce qu'il n'est pas. »

– Où sommes-nous ? demande Noah en essayant de se relever.

Arielle lui donne un coup de main. Discrètement, elle essuie les larmes qui mouillent ses joues.

– En enfer, répond Simon qui n'est pas très loin.

Noah porte aussitôt la main à son ceinturon, croyant y trouver son épée fantôme. Sa main ne rencontre que le vide.

— Attention, Arielle! s'écrie-t-il en faisant passer la jeune fille derrière lui pour la protéger.

— Attends, tu te trompes! dit Arielle. Ce n'est pas Nomis, c'est Simon.

— Simon? répète Noah. Simon est mort!

— Toi aussi, j'en ai bien peur, rétorque le jeune Vanesse.

Noah se tourne vers Arielle, en attente d'explications. Celle-ci en profite pour s'interposer entre les deux garçons.

— Quelle est la dernière chose dont tu te souviennes? l'interroge-t-elle.

Le jeune homme réfléchit.

— Je me souviens que nous étions dans une cave…, commence-t-il avec hésitation. Une cave dans la maison de Saddington. Ils te retenaient prisonnière là-bas. Emmanuel était présent, lui aussi.

La mémoire lui revient, se dit Arielle.

— Il y a eu un éclair de lumière, poursuit Noah avec davantage d'aplomb. C'était un sort de la sorcière. Je ne pouvais plus bouger. Emmanuel s'est approché de moi, et il m'a…

Le garçon s'arrête. Il est en train de revivre sa propre mort, le mélange de douleur et d'incompréhension qui se lit sur son visage en témoigne. Arielle se repasse la scène elle aussi: «Je lui tranche la tête ou je lui transperce le cœur?» avait demandé Emmanuel à Saddington avant d'abattre son épée sur Noah. «Fais comme tu veux, avait répondu la sorcière. Pourvu qu'il ne nous gêne plus ! »

– Il m'a tué, murmure Noah. Emmanuel m'a tué. Il m'a transpercé avec son épée.

Arielle confirme d'un signe de tête.

– « Le corps n'est que l'ancre de l'âme… », répète le jeune homme. C'est ce que tu m'as dit avant que je meure.

Il fait une pause, puis ajoute :

– Alors, c'est vrai, je suis mort et cet endroit est l'enfer ? Mais comment êtes-vous arrivés ici ?

Arielle lui résume les pourparlers qu'ils ont eus avec Reivax, dans le but d'obtenir le *Danaïde*. Elle lui parle ensuite de leur traversée de l'Atlantique, de l'aide qu'ils ont reçue de Jorkane, la nécromancienne, puis de leur aventure dans la fosse. Elle lui décrit leur arrivée dans l'Helheim et la trahison d'Ael. Elle lui raconte comment elle a dû abandonner les deux dobermans et Jason Thorn aux mains de Jenesek, l'alter au grand sabre. Elle termine avec sa rencontre avec Loki et Hel et sa descente au Galarif, en compagnie de Razan et de Nomis.

– Je t'avais promis de trouver un moyen de revenir de la mort, dit Noah, mais on dirait bien que c'est toi qui l'as trouvé, ce moyen.

– C'est toi qui m'as mise sur la piste, répond-elle. Sans toi, je n'y serais pas arrivée.

Arielle hésite un moment avant de poursuivre. « Si tu ne viens pas me délivrer, je ne pourrai pas revenir, ce qui signifie que l'oncle Yvan n'aura jamais existé, a dit le vieux Noah. L'histoire sera changée. Modifier le passé de cette façon pourrait nous être fatal à tous. » L'homme a été très clair sur ce point : changer le passé pourrait leur coûter la vie. Noah doit donc être informé de son futur, en conclut Arielle, même si cela risque de les séparer à jamais. Elle décide donc de lui répéter tout ce que le vieux Noah lui a expliqué plus tôt dans la soirée. Elle lui révèle la véritable identité de son oncle et lui parle du sacrifice qu'il aura lui-même à faire, soit de retourner seul dans le passé pour les protéger, elle et sa mère.

— Alors, ton oncle Yvan... c'est moi ? s'étonne Noah.

Arielle acquiesce.

— C'est un vieux toi, en fait.

— Ça explique le petit air de famille...

La jeune fille s'approche de son ami et lui demande :

— Il arrive que tes ancêtres te parlent ?

— Ça s'est produit quelques fois, fait Noah tout en hochant la tête.

Arielle lui confie qu'Annabelle, une de ses ancêtres, lui a parlé pendant leur voyage à bord du *Danaïde*.

— Elle a dit que je ne devais pas te laisser devenir ce que tu n'es pas. Elle a dit que tu devais revenir avec moi, que c'était la seule façon d'accomplir la prophétie.

Noah n'en est pas convaincu :

— Qui te protégera si je ne retourne pas dans le passé, comme c'est prévu ? Qui te permettra d'échapper aux elfes noirs ? Qui s'occupera de toi quand tu seras enfant ?

Simon intervient pour l'appuyer. Noah n'a pas le choix, affirme-t-il à Arielle; il ne peut pas défaire ce qui a déjà été fait. S'il ne retourne pas là-bas, qui sait ce qui pourrait se produire? S'il ne devient pas l'oncle Yvan, Arielle ne pourra pas échapper aux elfes noirs. La réalité qu'elle a connue sur la Terre serait alors modifiée. A-t-elle déjà pensé que, sans le vieux Noah, elle serait toujours prisonnière des sylphors?

– Revivre ton enfance dans la peau d'un serviteur kobold, ça t'intéresse? lui lance Simon.

Arielle ne répond pas. Noah déclare qu'il leur faudra reparler de tout cela plus tard. Pour l'instant, ils doivent rassembler leurs idées et trouver un moyen de s'échapper de cet endroit. Il demande à Simon si des gens ont déjà tenté de s'évader du Galarif.

– J'ai assisté à une seule tentative, déclare le jeune Vanesse, mais elle a échoué. Les fugitifs ont été rattrapés quelques minutes seulement après leur évasion.

– Comment ils ont fait pour sortir du cachot?

– Ils ont reçu l'aide du Clair-obscur.

– Le Clair-obscur?

– Il s'agit d'un groupe de maquisards alters, explique Simon. Ce sont des résistants qui s'opposent à l'autorité de Loki et de Hel. Ils sont menés par une alter du nom de Hati. Personne ne l'a jamais vue, mais les fidèles de Loki la redoutent plus que tout. Ses partisans et elle ont fait beaucoup de ravages dans les rangs alters. C'est pour cette raison que les soldats de Loki portent des uniformes en kevlar; ce n'est pas pour se protéger contre les elfes noirs, mais bien pour se prémunir contre les attaques-surprises du Clair-obscur. Selon ce que j'ai entendu, les maquisards aiment bien surprendre leurs adversaires avec des volées de flèches fantômes.

— Ces résistants pourraient nous aider? l'interroge Arielle.

Simon hausse les épaules.

— Peut-être. Mais je ne sais pas comment les contacter.

Le regard de Noah se fixe sur la porte grilla-gée, à l'autre extrémité du cachot.

— C'est inutile, dit-il. Tout l'Helheim sait que nous sommes enfermés ici.

Arielle demande à Simon si les maquisards seront présents aux célébrations de ce soir, orga-nisées par Loki et Hel pour célébrer la mise à mort des deux élus.

— C'est possible, répond le jeune Vanesse. À condition qu'ils parviennent à soudoyer Modgud et à se glisser dans le palais sans être découverts.

Noah ajoute que c'est leur seule chance d'échapper à la mort, mais Arielle lui rappelle aussitôt qu'il est inutile de s'inquiéter: l'oncle Yvan a confirmé qu'ils s'en sortiraient vivants tous les deux.

— On ne peut pas changer le passé, réplique Noah. Mais le futur est toujours en mouvement. Personne ne sait ce qui peut arriver, Arielle.

Il s'approche de la jeune fille et la prend doucement par les épaules.

— Tout peut encore changer, dit-il avant de poser un baiser sur sa joue.

15

*Quelques heures se sont écoulées
depuis le réveil de Noah.*

Ils sont tous les trois assis par terre. Le dos appuyé contre la paroi du cachot, ils essaient d'ébaucher un plan qui permettrait à Arielle et à Noah de s'échapper.

— À moins de réunir une armée, je ne vois pas comment vous allez y arriver, dit Simon.

Selon lui, il faudrait agir avant que les gardes ne les conduisent au bûcher. Une fois transformés en brochettes, plus personne ne pourra les secourir, à part peut-être le Clair-obscur (mais ça, c'est en supposant que les maquisards soient disposés à leur donner un coup de main!).

— Pourquoi nous embrocher et nous faire cuire? demande Arielle.

Simon répond que c'est pour nourrir Hraesvelg.

— Hraesvelg? Qui est-ce?

— C'est le grand aigle qui survole l'Helheim en permanence. Les alters le surnomment «le Mangeur de cadavres».

– Il aime sa viande bien cuite? demande Noah. Bizarre pour un oiseau.

Simon acquiesce, tout en donnant une tape amicale sur l'épaule de son voisin :

– Au royaume des morts, la chair crue est un véritable poison. Encore trop vivante. Même les rapaces ne la digèrent pas.

C'est à ce moment que s'ouvre la porte grillagée de l'antichambre, et qu'une dizaine de gardes alters, épées en main, pénètrent à l'intérieur du cachot. En formation serrée, ils longent la paroi de glace, ce qui leur permet de contourner la masse vacillante des décédés. Ils marchent en cadence jusqu'à ce qu'ils aient atteint le fond du cachot, là où les attendent Arielle et ses deux compagnons, qui se sont remis debout.

– Nous venons chercher les deux élus! annonce l'un des gardes.

Simon jette un coup d'œil à la porte grillagée : elle est toujours ouverte. Il se tourne vers Arielle et Noah et, d'un signe, leur propose de foncer vers la porte. Arielle fait non de la tête : sans leurs pouvoirs d'alters, ils n'ont aucune chance contre les gardes.

Les gardes alters se placent devant les trois jeunes gens.

– Suivez-nous! ordonne celui qui semble être le plus gradé.

Arielle et Noah obéissent docilement, sachant qu'ils ne sont pas de taille à lutter. Les gardes les entourent rapidement et les obligent à avancer vers la sortie. L'adolescente jette un dernier regard par-dessus son épaule, en direction de Simon.

– Merci pour tout, lui dit-elle.

Le jeune Vanesse hoche la tête. Arielle a l'impression qu'il va se retourner et s'éloigner, mais non. Il lève plutôt les bras et s'écrie :

– MAINTENANT !

Éveillés par ce cri de ralliement, les plus récents décédés sortent de leur état de catatonie et se regroupent autour des gardes. En peu de temps, ils réussissent à leur bloquer la voie. Se sentant pris au piège, les gardes sortent leurs épées et passent à l'offensive. Ils mutilent leurs assaillants sans aucune retenue. Prisonnière au centre de cette mêlée meurtrière, Arielle implore Simon de rappeler les décédés.

– Simon, ne fais pas ça ! Les gardes vont les massacrer !

– La libération de tous les humains, qu'ils soient morts ou vivants, dépend de votre survie ! répond Simon en s'élançant vers les gardes. Nous ne les laisserons pas vous emmener aussi facilement !

Aidé par plusieurs autres décédés, Simon réussit à renverser un garde et à s'emparer de son épée fantôme. Il lance l'épée dans les airs, en direction des deux élus.

– Foncez vers la porte ! hurle-t-il.

Noah étire le bras et parvient de justesse à attraper l'épée fantôme. Il réussit à blesser un garde et à se dégager. Rapidement, il prend Arielle par le poignet et l'entraîne vers l'antichambre du cachot. Les autres gardes sont trop occupés à se défendre contre les vagues de décédés qui leur tombent dessus pour se lancer à la poursuite des deux élus.

– On a peut-être une chance de réussir ! déclare Noah avec un nouvel optimisme.

Ils longent à leur tour la paroi de glace et se dirigent tout droit vers la sortie. Pour ne pas les ralentir, Arielle doit augmenter sa vitesse ; courir relève de l'exploit avec cet uniforme alter qui n'est plus à sa taille.

– On est presque arrivés ! lance Noah.

Ils ne sont plus qu'à quelques mètres de la porte lorsque deux silhouettes apparaissent dans l'antichambre. *Des silhouettes d'alters*, note Arielle qui reconnaît les contours de leurs armes ainsi que ceux de leur uniforme. Cette soudaine apparition réduit considérablement leurs chances de s'évader.

– Je me doutais bien qu'ils tenteraient quelque chose, dit l'une des deux silhouettes.

Si ce n'était le ton arrogant et mesquin, la voix ressemblerait à celle de Noah. *C'est Razan*, se dit Arielle. *Et il est accompagné de Nomis.*

Les élus ont interrompu leur course. Main dans la main, ils attendent de voir ce que feront les deux alters. Après s'être consultés du regard, Razan et Nomis pénètrent dans le cachot. Leurs yeux gris luisent dans la pénombre, autant que les lames bleutées de leurs épées fantômes.

– Noah Davidoff ! s'exclame Razan en émergeant de l'antichambre. On se rencontre enfin, face à face !

Il s'approche de Noah et fixe son regard mauvais sur le sien.

– Vous m'en avez fait baver, ton médaillon et toi ! déclare l'alter. Mais je te pardonne. Faut toujours pardonner aux morts, à ce qu'on dit !

Razan et Nomis éclatent de rire. Noah serre les poings et se prépare à attaquer. Arielle pose une main sur l'avant-bras de son compagnon, pour apaiser ses ardeurs. «Ce n'est pas le moment, dit le regard de la jeune fille, ils sont trop forts.» Derrière eux, les gardes alters ont réussi à mettre un terme à l'insurrection. Deux d'entre eux, les plus costauds, rejoignent Razan et Nomis. Ils détiennent un des insurgés. Arielle et Noah comprennent vite qu'il s'agit de Simon.

– C'est le temps des retrouvailles, on dirait! fait Nomis en apercevant son double.

Simon n'hésite pas un instant et crache à la figure de son alter. Après s'être essuyé la joue, Nomis réplique en lui assénant un violent coup au visage.

– C'est ce prisonnier qui est responsable du soulèvement, annonce l'un des gardes. Qu'est-ce qu'on fait de lui?

– Le Mangeur de cadavres a un gros appétit, répond Nomis qui n'a plus envie de rire.

– Et une brochette de plus! jette Razan. Ils vont manquer de marinade là-haut!

Les autres gardes se placent derrière Arielle et Noah, et attendent les commandements de Nomis avant de forcer les deux jeunes gens à avancer vers la sortie. Une fois à l'extérieur du cachot, ils accompagnent Simon et les élus jusqu'au portail du Galarif, là où les attendent les gargouilles qui les transporteront vers l'Elvidnir. Noah ne peut cacher sa surprise lorsqu'il croise les deux immenses trolls patrouillant devant le portail.

– C'est bien ce que je crois? demande-t-il en se tournant vers Arielle.

Celle-ci confirme d'un signe de tête.

– Eh oui, des trolls!

Nomis leur intime l'ordre de se taire, puis demande aux gardes de conduire les deux élus dans l'enclos où sont regroupées les gargouilles. Les bêtes sont maintenues au sol grâce à des sangles de cuir entrecroisées sur leur nuque et sur leur dos. Il leur est impossible de s'envoler, malgré tous les efforts qu'elles font pour échapper à cette immobilisation forcée. À la demande de Nomis et de Razan, les gardes obligent Arielle et Noah à se glisser sous les créatures.

– Les hommes-dragons n'ont qu'une seule envie, dit Nomis: retrouver l'extérieur. Mais vous le constaterez par vous-mêmes. Allez-y! ordonne-t-il aux gardes alters.

Ces derniers sortent leurs épées et coupent les sangles au niveau des ancrages, ce qui libère les gargouilles. Les créatures se redressent aussitôt et déploient leurs énormes ailes membraneuses. Après avoir agrippé le jeune Vanesse et les deux élus entre leurs serres, elles prennent leur envol. En quelques battements d'ailes, elles ont atteint le haut de la grotte. Au lieu de tenter une approche vers l'escalier en colimaçon qui relie la salle des deux trônes au Galarif, les gargouilles font un virage à droite et foncent en direction d'un large passage creusé à même la paroi rocheuse. Le passage est de forme ovale et semble mener à la surface. Arielle peut sentir le vent glacial qui s'infiltre dans le tunnel. Ils parcourent en peu de temps la distance qui les sépare de l'extérieur. Les bêtes lancent un dernier cri aigu avant d'émerger de la galerie souterraine et de retrouver le ciel gris et froid de l'Helheim. La jeune fille jette un rapide coup d'œil derrière elle : le passage qui leur a permis de quitter la grotte est situé à flanc de montagne. Plus haut, sur le sommet de cette même montagne, s'élève l'Elvidnir, le palais de Loki et de Hel.

Les gargouilles s'éloignent du versant et prennent de plus en plus d'altitude. Au loin, Arielle aperçoit les remparts de la citadelle et, plus loin encore, elle réussit à distinguer la plaine enneigée du royaume des morts qui s'étend à l'infini. Ils passent ensuite au-dessus de l'Elvidnir, ce qui permet à l'adolescente de contempler la cour intérieure du palais. Des centaines d'alters se sont rassemblés devant la demeure seigneuriale, là où a été érigé le bûcher sur lequel se fera le sacrifice des élus. *Lorsqu'ils nous auront fait cuire, le Mangeur de cadavres se posera au centre de la cour et se servira à même le bûcher, comme dans un buffet,* songe Arielle.

Après avoir profité de leur courte liberté, les gargouilles rabattent leurs ailes et effectuent un piqué en direction de l'Elvidnir. Elles pénètrent tour à tour dans l'enceinte du palais et, après avoir exécuté un vol en rase-mottes dans la cour intérieure, ouvrent leurs serres et libèrent leurs proies, exactement comme des bombardiers qui larguent leurs bombes. Arielle et les autres sont alors expédiés vers de grosses meules de foin, disposées dans un des angles de la cour de façon à amortir leur chute.

Razan et Nomis sont les premiers à toucher le sol. Viennent ensuite Noah et Simon, qui sont accueillis par une flopée de gardes dès qu'ils posent un pied par terre. Arielle est la suivante. Elle ferme les yeux une fraction de seconde avant l'impact. Elle ne peut retenir un cri de douleur lorsque son dos heurte le sommet gelé de la meule. Le choc est douloureux, car le froid a durci le foin à plusieurs endroits. La jeune fille roule ensuite jusqu'au sol et tente de se remettre debout, mais elle arrive à peine à se tenir sur ses jambes. Elle a l'impression que tous ses os se sont brisés lors de l'atterrissage.

Sans précaution, Razan l'agrippe par ses vêtements et la pousse vers Noah, qui l'accueille dans ses bras.

— Ça va ? lui demande ce dernier.

Arielle fait signe que oui, même si c'est faux. Ses bras et ses jambes lui font atrocement mal. Malgré cela, elle ne doit plus penser à la douleur. *Chasse cette souffrance de ton esprit,* se répète-t-elle sans cesse. Mais cela ne fonctionne pas. Tout serait tellement plus facile si elle retrouvait ses pouvoirs d'alter. Razan a peut-être raison après tout : les humains sont des créatures fragiles. Une éventuelle guerre entre humains et alters, ayant comme enjeu la domination de la Terre, serait inégale. Les alters remporteraient facilement la victoire. En peu de temps, ils écraseraient toute résistance. *Drôle de moment pour réaliser une telle chose,* conclut-elle en s'appuyant contre Noah. Elle craint de perdre connaissance, mais son ami l'oblige à rester éveillée en relevant doucement son menton. Pendant un instant, elle a l'impression qu'il va l'embrasser.

– On va s'en sortir, Vénus, lui murmure-t-il à l'oreille. Je te le promets.

– Ça suffit, les amoureux! leur lance Nomis. La fête a déjà commencé. Ils n'attendent plus que vous, là-bas.

Les gardes obligent Arielle et Noah à se séparer. Ils entraînent ensuite les deux élus et le jeune Vanesse vers l'autre extrémité de la cour intérieure, là où se déroulent les célébrations. Deux trônes dorés ont été installés sur le balcon de la demeure seigneuriale. Les sièges royaux surplombent le bûcher de plusieurs mètres et offrent une vue imprenable sur la foule ainsi que sur le lieu de l'exécution.

Loki et Hel ne tardent pas à venir s'y installer. Dès qu'ils aperçoivent leurs seigneurs, les alters regroupés autour du bûcher se mettent à applaudir et à scander des déclarations de loyauté: «Long règne à Loki! Longue vie à Hel!»

Arielle et Noah n'ont pas droit aux mêmes acclamations; en effet, dès qu'ils s'approchent de la foule, on commence à les insulter. Alors qu'ils progressent péniblement vers le lieu de la crémation, certains alters leur crachent à la figure pendant que d'autres leur assènent des coups de pied et des coups de poing.

Aucun poteau sur le bûcher, note Arielle. Sur le tas de bois se tient plutôt un immense troll à la peau écailleuse et aux muscles saillants. Comme un bourreau, il porte un masque de tissu qui cache son visage et tient dans sa main droite trois longues broches maculées de sang séché. La jeune fille se doute bien de l'utilité de ces broches, mais n'ose pas imaginer que le troll s'en servira réellement pour les faire rôtir, ses compagnons et elle.

Une fois qu'ils ont traversé la foule en délire, les gardes alters obligent les deux élus et le jeune Vanesse à gravir le bûcher et à se livrer au troll exécuteur. Dès que les trois condamnés ont atteint le sommet, Hel quitte son trône et s'adresse à ses sujets :

— Nous attendions tous ce moment avec impatience ! déclare-t-elle en écartant les bras. Le voici enfin arrivé ! N'ayez plus de craintes dorénavant, mes amis !

Chacune de ses paroles provoque des applaudissements et des hourras. La déesse du royaume des morts ne s'en trouve que plus motivée.

— Aujourd'hui, poursuit-elle sur le même ton inspiré, vos dieux tout-puissants vous prouveront enfin que la prophétie n'était que fabulation ! Jamais plus vous n'aurez à craindre les élus !

C'est à ce moment qu'apparaît un grand aigle dans le ciel. *Hraesvelg, le Mangeur de cadavres,* se dit Arielle. L'oiseau décrit plusieurs cercles audessus d'eux. Il est si grand que son ombre plonge la cour intérieure dans une espèce de demi-jour.

— Hraesvelg a faim ! s'écrient alors les alters d'une même voix. Le sacrifice est proche !

L'enthousiasme collectif frôle l'hystérie. Arielle songe que si le Mangeur de cadavres ne les dévore pas bientôt, c'est la foule qui les lynchera. Elle jette un coup d'œil plus bas et aperçoit un petit cortège d'alters qui s'approche lentement du bûcher. Chacun d'eux porte une soutane à capuchon et tient une torche brûlante à la main. L'adolescente n'arrive pas à distinguer leurs visages, mais reconnaît la jeune alter qui se trouve à leur tête. *Ael...*, murmure-t-elle en serrant les dents. *Sale chipie... elle va enfin obtenir ce qu'elle souhaite tant: ma mort!*

Au commandement de Hel, les alters encapuchonnés lèvent leurs torches et se préparent à les lancer en direction du bûcher. *Le bois est sec, pense Arielle, il lui faudra peu de temps pour s'enflammer.*

— À toi, Sherida! ordonne la déesse des morts.

Arielle comprend que Sherida est le nom du troll lorsque celui-ci l'empoigne par le bassin et la soulève de terre. Le géant l'examine sous tous les angles avant de finalement la diriger vers une de ses broches. Il appuie la pointe de l'outil à divers endroits sur le corps de sa captive, tout en émettant de petits grognements, comme s'il réfléchissait à la meilleure façon de la transpercer.

— Arrête! Ne fais pas ça! implore Noah en s'adressant au troll qui le dépasse de plusieurs mètres.

Sherida interrompt ses mouvements et observe le petit homme avec curiosité. Noah lève la tête vers Hel et Loki, qui continuent d'admirer le spectacle du haut de leur balcon.

— Commencez par moi, leur demande-t-il.

Les dieux échangent un regard amusé.

— Offre intéressante, déclare Hel au bout d'un moment. Mais nous préférons respecter le programme initial.

– Non ! Attendez !

Les protestations de Noah sont inutiles. Hel tend la main en direction de son père. Loki la gratifie d'un sourire avant de lui donner le médaillon demi-lune. La déesse se lève et sollicite de nouveau l'attention de la foule.

– Il est dit que l'unification des deux demi-lunes engendrera l'anéantissement des alters ! déclare la déesse en exhibant fièrement le pendentif. C'est pourquoi Odin nous a interdit de les détruire ! Il craint que les alters ne se révoltent un jour contre les dieux, comme l'ont fait les elfes noirs ! Oui, vous avez bien entendu, mes amis : le seigneur d'Asgard redoute votre puissance !

Applaudissements et cris d'enthousiasme se succèdent dans la foule.

– Nous ne détruirons pas le médaillon, continue Hel, mais nous le conserverons ici, bien à l'abri dans le palais. Je vous promets que plus jamais un de ces humains ne le portera !

Les paroles de la déesse provoquent de nouvelles acclamations. Forte de celles-ci, la déesse lance un nouvel ordre au troll :

– Sherida, poursuis avec la fille !

16

Conscient que c'est sa dernière chance de sauver Arielle, Noah bondit sur le troll.

Il est rapidement imité par Simon. Étant donné la taille du bourreau, les deux jeunes hommes n'ont pas d'autre choix que de s'en prendre à ses jambes. Noah choisit la gauche, tandis que Simon s'attaque à la droite. Ensemble, ils essaient de faire perdre l'équilibre au troll, mais les jambes du monstre sont aussi larges que des piliers de temple et ne bougent pas d'un poil. Les tentatives désespérées des deux garçons pour faire tomber le géant provoquent des éclats de rire dans la foule.

Le troll ne se laisse pas distraire par les petits hommes qui s'acharnent sur ses jambes, et replace la broche au-dessus d'Arielle, plus que jamais motivé à l'enfoncer dans son corps. En voyant briller la pointe de l'outil au-dessus de sa tête, la jeune fille réalise que sa dernière heure est arrivée. La broche n'est plus qu'à quelques centimètres de son visage lorsqu'elle entend une voix au pied du bûcher, qui s'écrie :

– Mjölnirs ! Médaillon !

La voix lui est familière et provient de l'endroit où sont postés les alters encapuchonnés. Ils n'ont toujours pas allumé le bûcher, mais l'un d'entre eux a retiré son capuchon. Arielle voit tout de suite que ce n'est pas un alter ; c'est Jason Thorn, le chevalier fulgur. Sous le regard ahuri des alters, l'homme lance ses deux marteaux en direction du balcon. Les deux mjölnirs filent à la vitesse de l'éclair et atteignent le balcon à l'instant même où Hel se prépare à regagner son trône. L'un des marteaux se met à tournoyer autour de la déesse. Lors de son dernier passage, il arrache le médaillon demi-lune de ses mains et s'éloigne à grande vitesse de la demeure seigneuriale. Le mjölnir décrit ensuite un cercle au-dessus de la foule, puis fonce tout droit vers le lieu de l'exécution. « Mjölnirs ! Récupération ! » commande Jason. Le marteau s'immobilise alors au-dessus du bûcher et retombe vers Arielle, exécutant une légère déviation pour éviter le troll. La jeune fille n'a qu'à tendre les bras pour récupérer le mjölnir. La chaîne du médaillon est enroulée autour du manche. Arielle doit agir rapidement ; le marteau est d'une incroyable lourdeur. Pour réussir à le tenir plus longtemps, elle aurait besoin de gants magiques, comme ceux que porte Jason. À bout de forces, elle saisit le médaillon, le passe à son cou et laisse tomber le mjölnir qui reprend son envol.

Le troll observe la scène sans réagir. Cet événement imprévu a semé la confusion dans son esprit déjà lent. Arielle a bien l'intention de profiter de ce moment de diversion. Elle repousse les énormes doigts du troll qui oppresse sa poitrine et crie de toutes ses forces : « Ed Retla ! Ed Alter ! » Aussitôt l'incantation prononcée, l'adolescente retrouve son corps et ses pouvoirs d'alter. D'un mouvement agile et puissant, elle attrape la broche dans la main du troll et, à bout de bras, la plante dans l'œil de son bourreau.

Sherida pousse un hurlement de douleur. Il relâche aussitôt Arielle et porte les mains à son visage. Avec rage, il retire la broche et se met à chercher l'élue avec son œil encore valide, mais celle-ci a déjà retrouvé Noah et Simon. Les trois compagnons se sont éloignés du bourreau et dévalent maintenant le bûcher sous les cris haineux de la foule. Une main sur son œil meurtri, le troll se lance à leur poursuite.

Arielle aperçoit Jason au pied du bûcher. Le chevalier fulgur a récupéré ses deux mjölnirs. Un marteau dans chaque main, il leur fait signe de s'approcher. La jeune fille remarque qu'il n'est pas seul : les alters qui l'accompagnent ont aussi retiré leur capuchon. Elle reconnaît Geri et Freki, mais aussi… Jenesek. En effet, l'alter au grand sabre se bat aux côtés des dobermans pour éloigner les gardes alters et certains membres de la foule qui se sont précipités vers le bûcher pour intercepter les fuyards et leurs complices.

Avec étonnement, Arielle constate que d'autres alters, sortis de nulle part, se joignent à Jenesek pour combattre les gardes.

— Ce sont les maquisards du Clair-obscur ! lance Simon quand Noah, Arielle et lui retrouvent enfin Jason et les animalters à la base du bûcher. Ils ont réussi à entrer dans le palais!

Jenesek fait donc partie du Clair-obscur, le groupe de résistants qui s'oppose à Hel et à Loki. Voilà qui explique pourquoi Jason et les dobermans sont encore vivants. C'est sans doute le grand alter qui les a conduits jusqu'ici.

– Heureux de te revoir, patron! s'écrie Geri en serrant Noah dans ses bras.

Noah propose de remettre les salutations à plus tard. Derrière eux, le troll progresse rapidement. Freki sort les épées fantômes qu'il cachait sous sa soutane, et s'empresse d'en offrir une à Noah et à Arielle, mais hésite dans le cas de Simon.

– Il est avec nous, le rassure Arielle en toute hâte.

Freki acquiesce et tend une épée au jeune Vanesse. Les six compagnons – Arielle, Noah, Simon, Geri, Freki et Jason – se retournent ensemble pour affronter le troll, qui fonce sur eux à la manière d'un taureau enragé.

Sherida accompagne sa première charge d'un cri de guerre primitif. Arielle et les autres doivent se montrer aussi rapides qu'agiles pour parer les nombreux coups de pied et de poing du géant, mais, à force de multiplier les contre-attaques, ils finissent par avoir le dessus sur lui. À coups de mjölnirs et d'épées fantômes, ils obligent le troll à battre en retraite vers le sommet du bûcher. «Espèce de grand lâche! hurle la foule en colère. Grosse bête idiote!»

Jenesek et les maquisards du Clair-obscur continuent de s'opposer aux vagues successives de gardes alters qui tentent par tous les moyens de s'approcher des deux élus et de leurs compagnons. Une fois débarrassés du troll, Arielle et ses amis se hâtent de rallier la position de leurs nouveaux alliés. Pendant sa course, la jeune fille jette un coup d'œil en direction du balcon de la demeure seigneuriale, là où étaient installés Hel et Loki quelques instants plus tôt.

— Ils ont disparu dès que tu as échappé au troll, dit Jason.

— Divinité et courage ne vont pas nécessairement de pair, fait Geri en ricanant.

Les six compagnons atteignent enfin le front principal. Gardes alters et maquisards du Clair-obscur s'affrontent dans une bataille fratricide. Au-dessus d'eux, le Mangeur de cadavres continue de survoler la cour intérieure.

Arielle et les autres ne tardent pas à se mêler aux maquisards. Armes en main, ils engagent le combat sans la moindre hésitation. Mais l'adolescente est forcée d'admettre qu'ils ne pourront pas tenir longtemps : la foule s'est jointe aux gardes alters et le nombre de leurs adversaires ne cesse de croître. Les maquisards sont à peine plus d'une trentaine et doivent lutter contre un flot sans cesse grandissant d'adversaires. Ils seront bientôt entourés par des centaines de gardes aux armures épaisses et aux épées tranchantes.

— Des nouvelles de Brutal ? demande Arielle à Geri qui combat à sa droite.

— Aucune ! répond le doberman en tranchant la main armée d'un alter. On l'a attendu pendant un certain temps, mais il ne s'est jamais présenté.

Avec les différences temporelles existant entre la Terre et l'Helheim, qui sait quand le pauvre Brutal s'est matérialisé dans la grotte? Il y est peut-être en ce moment même, se dit Arielle, *se demandant où nous sommes passés.*

La jeune fille repousse deux gardes alters, puis évite de justesse la lame d'un troisième. Elle essaie tant bien que mal de protéger Noah et Simon qui, contrairement aux autres, ne disposent d'aucun pouvoir particulier. Après avoir blessé deux alters qui menaçaient de s'en prendre à Simon, Arielle fait un bond dans les airs et atterrit tout près de Noah. Elle crie aux dobermans de rester auprès du jeune Vanesse pendant qu'elle veillera sur le second élu.

Arielle fait preuve d'une grande agilité, mais les alters de l'Helheim sont beaucoup plus puissants que ceux de la Terre. Elle doit redoubler de vitesse et d'ardeur pour parer leurs attaques, ou encore les tenir à distance. À un moment, elle réalise qu'une jeune alter aux cheveux blonds combat les gardes à ses côtés. C'est Ael. Mais qu'est-ce qu'elle peut bien faire là? Il y a quelques heures à peine, elle les trahissait pour s'acoquiner avec Razan et Nomis.

— Tu as encore changé d'équipe? lui demande Arielle, qui s'est promis de lui faire payer sa trahison avant la fin de la journée.

— Pour l'instant! répond Ael qui, après avoir décapité un alter, en repousse un autre d'un violent coup de pied.

Gardes et soldats alters encerclent bientôt les maquisards et leurs nouveaux amis. Ils les forcent à reculer vers le mur. Un reflet lumineux attire le regard d'Arielle vers la partie supérieure des remparts. Elle y aperçoit des centaines d'archers alignés sur les chemins de ronde. Leurs flèches sont pointées en direction des résistants et attendent impatiemment d'être décochées. Étant donné leur position à découvert, les deux élus et leurs compagnons ne pourront échapper à la pluie de flèches qui s'abattra sur eux s'ils choisissent de poursuivre le combat.

Lorsque Jenesek abaisse son sabre en signe de capitulation, Arielle sait que tout est fini.

17

Les gardes alters s'empressent de désarmer leurs adversaires.

Étant donné leur lourdeur, ils doivent s'y prendre à deux pour éloigner les marteaux mjölnirs du jeune chevalier fulgur. Après s'être assurés que les résistants ne représentent plus aucune menace, les alters retournent à leur position et se mettent au garde-à-vous. Au commandement de l'un d'entre eux, ils s'écartent pour libérer un passage jusqu'à la demeure seigneuriale. Les portes de celle-ci s'ouvrent dans un long grincement et laissent place à Loki et à Hel. Main dans la main, le père et la fille descendent l'escalier d'honneur et s'engagent dans le passage que leur ont ouvert les gardes. Alors que les maîtres de l'Helheim s'avancent avec cérémonie vers les maquisards, Arielle se demande où sont passés Razan et Nomis. Elle n'a vu aucun des deux durant la bataille. Cela n'a rien de rassurant ; ces deux démons sont capables des pires manigances.

– Bel essai, déclare Loki à Jenesek.

Le grand alter demeure impassible. Hel l'observe un instant, puis éclate de rire.

– Jamais je n'aurais pensé que les maquisards du Clair-obscur pouvaient se montrer aussi stupides! dit-elle en ricanant. Vous avez vraiment cru que vous pourriez libérer les deux élus? Que penserait Hati, votre chef, de cet échec monumental?

Jenesek ne répond pas. Hel fait un pas vers lui et le gifle violemment. Après avoir encaissé le coup sans broncher, le grand alter redresse fièrement la tête et fixe de nouveau son regard sur celui de la déesse. Cette dernière lui assène un second coup au visage. *Elle va le tuer s'il continue à la défier comme ça!* songe Arielle. Elle est sur le point d'intervenir, mais Noah l'en empêche.

– Ne fais pas ça, lui murmure-t-il, c'est dangereux.

– Il faut faire quelque chose, répond Arielle.

Après avoir réussi à convaincre Noah de lui faire confiance, elle se faufile entre les maquisards et prend place aux côtés de Jenesek. Craignant que la jeune élue s'attaque à leurs maîtres, les gardes alters sortent leurs épées fantômes et se mettent en position d'attaque. D'un signe de la main, Loki leur ordonne de rengainer leurs armes.

– Elle ne peut rien contre nous, déclare Loki. Avez-vous oublié que nous sommes des dieux?

– Des dieux qui font le mal, fait remarquer Arielle.

– Mais des dieux quand même! rétorque le maître des lieux. Tu en veux la preuve?

La jeune fille secoue la tête. *Non,* pense-t-elle en flairant le danger, *surtout pas de preuves.* Loki lève néanmoins la main et la pointe vers un des hommes de Jenesek.

– *Gonema Gleishamir*! lance-t-il en regardant le maquisard.

Aussitôt ces paroles prononcées, le maquisard se plie en deux. Une souffrance atroce se lit sur son visage. Il essaie de hurler, mais aucun son ne sort de sa bouche.

Arielle s'en veut d'avoir provoqué le dieu. Elle aurait dû écouter Noah et rester en retrait. Souhaitant réparer son erreur, elle s'agenouille devant Loki et le supplie de mettre fin à sa démonstration. Mais celui-ci poursuit avec encore plus de détermination.

– *Gonema Demonÿr Metra*! s'écrie-t-il, sans pitié.

Le maquisard se tord de douleur. Jenesek se précipite vers son frère d'armes, mais n'a aucune idée de ce qu'il doit faire pour atténuer ses souffrances.

– Arrêtez! supplie-t-il en s'adressant aux seigneurs de l'Helheim. Vous allez le tuer!

Les requêtes répétées du grand alter n'ont aucun effet sur Loki, mais semblent amuser Hel.

– L'amour, la compassion, qu'il est amusant de constater ces sentiments chez un alter! lance-t-elle en riant. Ces émotions humaines ont permis votre affranchissement, maquisards, mais elles causeront aussi votre perte!

Le compagnon de Jenesek est soudain pris de convulsions. Des bruits de craquements se succèdent à l'intérieur de son corps. Ce sont ses os qui se brisent un à un. Le pauvre alter se disloque sous le regard impuissant de ses frères maquisards. Après d'impossibles contorsions, le supplicié finit par s'immobiliser complètement. Jenesek constate qu'il ne respire plus.

— C'en était trop pour son cœur, dit-il.

Arielle s'approche de lui.

— Loki va tous nous tuer, ajoute le grand alter. Il faut partir d'ici.

Partir d'ici ? Mais comment ?

— On a un allié de taille, répond le maquisard qui a lu dans les pensées de la jeune fille.

Jenesek met deux doigts dans sa bouche et émet un puissant sifflement en direction du ciel. Arielle lève les yeux et voit Hraesvelg, le Mangeur de cadavres, qui interrompt son survol de la cour intérieure. Le grand aigle rabat ses ailes et fonce vers l'endroit où ont été refoulés les maquisards.

Ce mouvement dans le ciel attire l'attention de Loki et de Hel. Leurs regards se fixent sur le grand aigle et sur sa descente, qu'ils suivent avec étonnement, tout comme les gardes alters.

— Mais qu'est-ce qui lui prend, à cet idiot ? demande Hel, visiblement outrée par l'attitude de son Mangeur de cadavres.

Promptement, Loki se tourne vers les archers, qui sont toujours postés sur le haut des murailles, et leur ordonne de décocher leurs flèches. Les soldats obéissent sans attendre et une pluie de flèches s'abat alors sur la cour intérieure. La majorité d'entre elles sont interceptées au passage par Hraesvelg. Les uns après les autres, les projectiles ricochent contre le flanc de l'oiseau. Son plumage semble impénétrable, comme s'il était protégé par un bouclier invisible.

Le grand aigle se pose finalement entre les gardes alters et les maquisards, de façon à créer une barrière entre les deux groupes. La voie ainsi bloquée, les alters ne peuvent passer à l'offensive.

– C'est le moment! crie Jenesek. Accrochez-vous à Hraesvelg!

Les hommes de Jenesek, tout comme les compagnons d'Arielle, se précipitent vers le Mangeur de cadavres.

– J'aurais préféré un hélicoptère, déclare Geri en courant vers l'oiseau, mais cet aigle géant fera l'affaire!

Une volée de flèches réussit à se frayer un chemin sous le grand oiseau et se dirige tout droit vers Ael. «Mjölnirs! Interception!» commande Jason. Les deux marteaux s'élèvent alors dans les airs, entraînant avec eux les alters qui tentaient de les retenir au sol. Il faut peu de temps aux mjölnirs et à leur fardeau pour s'interposer entre les flèches et Ael. Au lieu de filer vers leur cible originale, les flèches se plantent dans les corps des alters, qui continuent de s'accrocher déses-pérément aux manches des marteaux. Blessés mortellement, les gardes finissent par lâcher les mjölnirs et retombent par terre, parmi les maquisards, qui les piétinent dans leur course.

Jason s'adresse à Ael, alors qu'ils courent eux aussi vers Hraesvelg:

– Le vieux Noah avait raison en disant que je sauverais une de vos vies, dit le jeune chevalier tout en levant les bras pour récupérer les mjölnirs qui reviennent vers lui. Mais je n'aurais jamais pensé que ce serait la tienne, démon blond.

Ael ne dit rien. Elle se contente de hausser les épaules.

– Je me serais au moins attendu à des remerciements, ajoute Jason tout en glissant les mjölnirs dans leurs étuis.

– Dans tes rêves, cow-boy.

Ael et Jason rejoignent enfin les autres, qui ont déjà pris place sur les pattes du Mangeur de cadavres. Le grand aigle a déployé ses ailes pour empêcher les gardes alters d'atteindre ses passagers, mais aussi pour les protéger contre les flèches qui ne cessent de pleuvoir.

– Je ne peux pas partir sans Nomis ! dit Ael.

– Oublie ton Nomis, répond Jason. Personne ne l'a vu. C'est ta dernière chance, ma belle : si tu ne viens pas avec nous, tu mourras !

Jason monte sur une des pattes du grand aigle, celle qui accueille Arielle, Noah, Simon Vanesse et les dobermans. Sous le regard inquisiteur de la jeune élue, le chevalier fulgur tend une main vers Ael pour l'aider à grimper.

– Celle-là, elle reste ici ! lance Arielle tout en sortant son épée.

Elle dirige ensuite sa lame vers Ael, pour l'empêcher de monter.

– Non, attends ! intervient Jason. Ael mérite sa place avec nous.

Le regard d'Arielle est toujours fixé sur la jeune alter. Il est sans pitié.

— Tu ne veux pas savoir pourquoi je lui ai sauvé la vie? demande Jason.

L'adolescente garde le silence. Cela n'arrête pas le jeune chevalier.

— Ael avait deviné depuis le début que Jenesek faisait partie du Clair-obscur.

Cette révélation fait sourciller Arielle. Jason s'empresse de lui expliquer qu'Ael ne les a pas trahis dans la grotte, contrairement à ce qu'ils ont tous cru. Elle savait très bien que les dobermans et lui ne risquaient rien avec Jenesek, étant donné son appartenance au Clair-obscur. C'est pourquoi elle n'a pas hésité à les abandonner tous les trois aux mains du grand alter.

— En nous laissant seuls avec Jenesek, elle nous a sauvé la vie, soutient le chevalier.

Jason a peut-être raison, se dit Arielle. Les dobermans et lui, loin d'être indispensables aux yeux de Loki et de Hel, auraient eu droit à une exécution sommaire avant même de visiter les cachots du Galarif. En plus de leur sauver la vie, l'initiative d'Ael avait également permis au chevalier fulgur et aux animalters d'informer les membres du Clair-obscur de leur situation et de solliciter leur aide pour une opération de sauvetage.

Les volées de flèches et les cris haineux des alters rappellent à Arielle qu'ils n'ont pas une seconde à perdre. Elle se dit qu'il sera toujours temps plus tard de réexaminer le cas d'Ael. Elle range donc son épée et s'écarte pour faire enfin une place à sa rivale. C'est un Jason soulagé qui offre cette fois sa main à Ael.

– C'est elle qui m'a remis l'injecteur acidus rempli de ton sang, révèle-t-il à Arielle tout en aidant la jeune alter à se hisser sur la patte de l'oiseau. Elle l'a glissé dans mon ceinturon pendant qu'elle me tenait en respect avec sa dague dans la grotte.

« Je t'ai fait cadeau de ta vie, cow-boy, a dit Ael juste avant de livrer le chevalier à Jenesek. Et peut-être même d'un peu plus… » Ce « un peu plus », c'était en fait le sang d'élu que Geri avait prélevé dans le bras d'Arielle juste avant qu'ils ne quittent la Terre. Jason explique qu'ils s'en sont servis pour payer leur passage à Modgud. La vieille fée s'est montrée très emballée par ce présent « inestimable ». Elle a même permis à Jenesek et à tous ses camarades du Clair-obscur de traverser le pont avec eux.

– Ne vous faites pas d'illusions, intervient finalement Ael. Je le répète : mon seul but est de réussir la mission que m'a confiée Reivax, soit de ramener Nomis à Midgard. Je savais que je ne pourrais pas y arriver seule. J'avais besoin de votre aide, que ça me plaise ou non.

Jason la regarde avec un sourire en coin, comme s'il mettait en doute ses paroles.

– Enlève-moi ce sourire stupide de ton visage ! lui ordonne la jeune alter.

– Elle ne le dira pas, mais je crois qu'elle m'aime bien, affirme le chevalier fulgur.

Ael n'a pas le temps de répliquer quoi que ce soit.

– Il est temps de partir ! leur crie Jenesek. Accrochez-vous !

Ses hommes et lui ont trouvé refuge sur l'autre patte. Une fois que tout le monde est bien cramponné, le grand alter siffle de nouveau en direction de l'oiseau.

– Envole-toi, Hraesvelg! lui ordonne-t-il.

Le Mangeur de cadavres acquiesce par un cri. Il se prépare à prendre son envol, mais est immobilisé au dernier moment par une force invisible qui l'empêche de décoller.

– Loki…, murmure Arielle qui sent l'influence maléfique du dieu se propager autour d'elle.

Loki parvient effectivement à maintenir l'oiseau au sol grâce à ses pouvoirs divins. La jeune fille en a la preuve lorsqu'elle voit le dieu écarter sans effort l'aile de Hraesvelg – celle qui servait de bouclier contre les flèches – et s'avancer lentement sous la bête. Loki se dirige ensuite vers la patte écailleuse où sont installés Arielle et ses compagnons. Les mains dans les poches, d'un pas décontracté, il s'approche de l'élue.

Noah essaie de s'interposer entre son amie et le dieu, mais Loki le repousse d'un simple claquement de doigts. Le dieu tend ensuite une main vers Arielle, qui est incapable de bouger, tant elle est hypnotisée par son regard intense. Il pose doucement sa main sur son épaule, là où se trouve sa marque de naissance en forme de papillon. L'adolescente sent alors que la marque commence à chauffer sous ses vêtements. Au même moment, un message s'imprime en lettres de feu dans son esprit. Un message provenant de Loki. Arielle a l'impression qu'elle ne pourra plus jamais se débarrasser de ces mots: « *Le mal existe* en toi, comme il existe en chacune des sœurs reines. Souviens-toi de ceci, Arielle : un jour, je t'offrirai un des dix-neuf Territoires en récompense, et tu l'accepteras. Tu te joindras alors à moi, comme toutes celles qui t'ont précédée. »

Aussitôt le message transmis, Loki remet les mains dans ses poches. Il tourne le dos à Arielle et s'éloigne du grand aigle comme il s'en est approché, de manière désinvolte. La jeune fille ne peut détacher son regard du dieu. Noah tente de lui faire rependre ses esprits :

– Arielle, regarde-moi !

Il doit répéter sa requête plusieurs fois avant qu'elle n'obéisse enfin.

– Ça va ? lui demande-t-il. Mais qu'est-ce qu'il t'a fait ?

– Je… je ne sais pas, répond Arielle après quelques secondes d'hésitation.

Le Mangeur de cadavres est soudain libéré du champ de force qui le clouait au sol et prend son envol. Sous le tir continu des archers, il quitte la cour intérieure et s'éloigne rapidement du palais de glace. Les battements d'ailes produisent de violentes bourrasques sous le ventre de l'oiseau. Pour éviter d'être emportés au loin par le vent, les passagers doivent s'accrocher solidement aux pattes du grand aigle.

– Loki aurait pu nous retenir longtemps ! crie Simon pour couvrir le bruit du vent.

– Arielle ! hurle à son tour Geri. Tu sais pourquoi il a décidé de nous laisser partir ?

Le doberman n'est pas le seul à attendre la réponse ; tous les regards sont posés sur Arielle.

Cette dernière choisit de garder le silence. Au fond d'elle-même, elle sait très bien pourquoi Loki n'a pas empêché leur fuite, mais elle préfère ne rien dire à ses compagnons pour l'instant.

Noah devine à son air qu'elle leur cache quelque chose. Arielle s'en aperçoit et détourne le regard en direction de l'Elvidnir, le palais de glace, qui se fait de plus en plus petit derrière eux.

18

Il leur faut peu de temps pour atteindre les remparts de la citadelle et le portail de l'Helheim.

D'autres archers alters, postés dans les tours de garde, essaient de les atteindre avec leurs flèches, mais n'y parviennent pas ; le Mangeur de cadavres est trop rapide pour eux.

Ses petits passagers toujours accrochés aux pattes, Hraesvelg finit par passer les murailles de la citadelle. Il surgit comme un obus de l'autre côté des remparts, attirant aussitôt l'attention des vautours géants qui patrouillent au-dessus de la rivière Gjol. Une fois combinés, les cris stridents des rapaces résonnent comme un puissant signal d'alarme qui déchire les tympans.

– Ils sont beaucoup trop nombreux ! lance Simon. On ne passera jamais !

Les vautours ont tôt fait de se regrouper. Après avoir opté pour une formation en V, ils foncent vers le grand aigle, qui ne modifie en rien sa trajectoire.

– Mais il est fou ! s'écrie Freki. Il se dirige droit sur eux !

– Il ne fait pas que cela, note Arielle.

En effet, le grand aigle augmente aussi sa vitesse.

– Attachez vos ceintures ! lance Geri. Va y avoir des turbulences !

Le grand V noir formé par les vautours s'approche à grande vitesse. Les passagers échangent un dernier regard avant de fermer les yeux et de resserrer leur étreinte autour de la patte de Hraesvelg. En silence, ils se préparent à l'impact.

Le premier coup vient de l'avant, et il est violent, mais pas autant qu'Arielle et ses compagnons s'y attendaient. Remplis d'un nouvel espoir, ils ouvrent tous les yeux et voient que Hraesvelg a réussi à repousser les premiers vautours, ceux qui se trouvaient à la tête de la formation. Les autres rapaces n'ont pas le temps de modérer leur charge ou d'effectuer une manœuvre d'évitement : chacun à leur tour, ils viennent eux aussi se fracasser sur le grand aigle, comme des embarcations légères sur un récif.

– Hourraaaaa ! s'exclame Freki.

– T'es le meilleur, Hraesvelg ! renchérit Geri, le bras en l'air.

Certains vautours ne sont qu'assommés, tandis que d'autres sont mortellement blessés. En dépit de leur état, ils ont tous droit au même destin : les uns après les autres, les rapaces s'abîment dans les flots déchaînés de la rivière Gjol.

Le ciel est maintenant débarrassé de tout ennemi. Il n'y a plus que la lune et le soleil qui brillent au loin. Ailes déployées, le grand aigle négocie un long virage et prend la direction du sud.

Le reste du trajet se fait sans encombre. Au bout de quelques minutes, Jenesek pointe un doigt vers l'horizon et crie à ses compagnons que la grotte de l'Evathfell est en vue. Le passage par lequel Arielle et ses compagnons sont arrivés dans l'Helheim se trouve dans cette grotte. Selon le vieux Noah, cette brèche entre le royaume des morts et celui des vivants ne devrait se refermer qu'après leur départ à tous.

— Il était temps! se plaint Geri. J'ai le museau complètement gelé!

Le grand aigle amorce enfin sa descente. Geri n'est pas le seul à s'en réjouir; les autres passagers semblent tout aussi soulagés que lui, en particulier Jason, Noah et Simon, qui ne possèdent aucun attribut d'alter pour les protéger du froid. Le vent était déjà mordant au sol, mais, à plusieurs mètres d'altitude, son souffle devenait carrément insoutenable.

Hraesvelg se pose doucement devant l'entrée de la grotte. Arielle et les autres descendent de la patte et, après avoir remercié le grand aigle chacun à leur façon, ils se réfugient rapidement à l'intérieur de la grotte, là où la température est plus clémente. Jenesek est le seul parmi les maquisards à les accompagner.

— À partir d'ici, vous êtes en sécurité, dit-il à Arielle et à Noah sans dépasser le seuil de la grotte. Tout au fond se trouve le passage vers Midgard.

— Merci de votre aide, lui répond Arielle. Sans vous, nous étions perdus.

— C'est Hati, notre chef, qu'il faut remercier. C'est elle qui a planifié cette opération.

— Elle est avec vous?

— En esprit, seulement.

Devant l'incompréhension de ses interlocuteurs, Jenesek ajoute:

— Vous comprendrez plus tard.

— J'espère qu'un jour nous pourrons vous rembourser cette dette, lui assure Noah.

Le grand alter acquiesce.

— La prophétie prédit votre retour. Nous nous reverrons.

Jenesek les informe que les alters ne tarderont pas à rappliquer. Ses hommes et lui doivent repartir avant leur arrivée. Il salue une dernière fois les deux élus avant de retourner à l'extérieur. Aussitôt qu'il a repris sa place sur la patte de Hraesvelg, ce dernier ouvre ses ailes et s'envole. Arielle le regarde s'éloigner en songeant qu'elle doit la vie à cet aigle majestueux, tout comme à chacun des maquisards du Clair-obscur qu'il transporte. Elle se demande si elle fera un jour la connaissance de leur chef, cette mystérieuse femme nommée Hati. La voix de son ancêtre Annabelle surgit alors dans son esprit: «*Oui, un jour, tu connaîtras Hati*», lui dit-elle. Et elle ajoute: «*Les élus auront de nombreux alliés lors de leur retour dans l'Helheim.*»

— Viens, dépêchons-nous, lui lance Noah.

Main dans la main, ils courent ensemble retrouver leurs amis qui se sont enfoncés plus profondément dans la grotte. Mais il est déjà trop tard lorsqu'ils arrivent : Jason et les deux dobermans ont été désarmés par Razan, qui les tient en respect du bout de son épée fantôme. Quant à Nomis, il se trouve tout au fond de la grotte, à peine à quelques mètres du passage vers la Terre. Il a expédié Simon au sol d'un seul coup de poing et tente maintenant de neutraliser Ael, qui réussit à le tenir à distance grâce à son épée fantôme.

– Il n'y a pas que les maquisards qui se servent de la volaille pour faire du taxi ! déclare Razan afin d'expliquer leur présence.

– J'aurais dû m'en douter, grogne Arielle entre ses dents. Ils sont venus avec les gargouilles du Galarif !

Arielle et Noah dégainent leurs épées.

– On se calme, les « stars » de la prophétie, leur conseille Razan tout en menaçant Jason et les dobermans de sa lame bleutée. Vous ne voudriez pas que je fasse du mal aux personnages secondaires de l'histoire, pas vrai ?

Après avoir échangé un regard, Arielle et Noah finissent par abaisser leurs armes.

– Hé ! On ne bouge pas ! ordonne Razan en s'adressant cette fois à Jason et aux animalters qui ont tenté de se soustraire à sa lame pendant ce court moment de distraction.

Au fond de la grotte, Ael et Nomis continuent de s'évaluer. Séparés par leurs lames respectives, ils se déplacent lentement, dans un mouvement circulaire, comme s'ils pratiquaient une danse rituelle. Chacun essaie de prévoir ce que l'autre fera.

– Nomis, tu dois revenir à Midgard avec nous, supplie Ael sans baisser sa garde. J'ai promis à Reivax de te ramener. Le vieux ne me le pardonnera pas si j'échoue dans ma mission.

– Et alors? Tu crois que ça me fait quelque chose? demande Nomis en ricanant. Je te l'ai dit, Ael: jamais plus je ne remettrai les pieds là-bas. Sur la Terre, j'étais un simple démon. Ici, on me considère presque comme un dieu!

Le passage vers la Terre se trouve juste derrière Nomis et Ael. Leurs deux silhouettes se reflètent dans le mur d'eau noire qui en constitue l'entrée.

– Tu es le successeur de Reivax, poursuit Ael. Il te veut à ses côtés pour combattre les sylphors.

– J'en ai rien à faire, des sylphors! rétorque Nomis. J'ai une seule et unique mission maintenant: éliminer les deux élus! Et tous ceux qui sont assez stupides pour croire en eux!

Nomis ne laisse pas le temps à Ael d'ajouter quoi que ce soit; épée devant, il se jette sur elle. La jeune alter se prépare aussitôt à contre-attaquer, mais Nomis fait une feinte au dernier moment et réussit à l'atteindre au bras. Blessée, Ael recule et adopte une position défensive.

Arielle trépigne sur place. Sent-elle le besoin pressant de sauver Ael? Non, ce qu'elle espère par-dessus tout, c'est se débarrasser de Nomis et de Razan une bonne fois pour toutes afin de pouvoir quitter, avec ses amis, ce foutu royaume de neige. Cependant, elle est la seule qui puisse intervenir.

Sans ses pouvoirs d'alter, Noah n'est pas de taille à s'opposer à Razan et à Nomis. Quant à Jason et aux dobermans, ils demeureront impuissants aussi longtemps que la lame de Razan se trouvera sous leurs gorges.

C'est finalement Simon Vanesse qui convainc Arielle de tenter quelque chose. Cette dernière le croyait trop ébranlé par le coup de Nomis pour réagir, mais elle réalise que c'était une ruse lorsqu'il lui adresse un clin d'œil complice. Elle lui répond par un signe de tête discret. Elle ne sait pas en quoi consiste son plan, mais se dit que ce sera certainement mieux que de ne rien faire du tout.

Simon est toujours étendu sur le sol, mais parvient à ramper tout doucement en direction de Razan, assez doucement pour ne pas attirer l'attention. Bientôt, il réussit à se placer derrière l'alter de Noah. Il n'y a que Nomis qui pourrait alerter Razan du danger qui le guette, mais il est trop occupé avec Ael pour se rendre compte de quoi que ce soit.

Le jeune homme fait signe à Arielle de se préparer. Dès que celle-ci lui a donné son approbation, il s'élance vers Razan et lui agrippe les jambes avec suffisamment de vigueur pour le déstabiliser. Jason et les dobermans ne tardent pas à réagir : ensemble, ils poussent violemment Razan, qui tombe à la renverse par-dessus Simon. Mais l'alter se relève rapidement et se presse de répondre aux assauts de Jason et des dobermans, qui ont eu quelques secondes pour récupérer leurs armes.

Pendant ce temps, Arielle et Noah dégainent leurs épées fantômes et se précipitent vers Nomis. Ils n'ont pas le temps de secourir Ael ; celle-ci est rapidement envoyée au tapis par Nomis qui la frappe au visage avant d'accueillir ses deux nouveaux adversaires.

Arielle réussit à parer les premiers coups de Nomis et à l'attaquer à son tour à plusieurs reprises, mais elle s'inquiète pour Noah qui, sous sa forme humaine, est moins rapide et surtout moins agile. Elle a peur pour lui ; elle craint que Nomis ne finisse par le blesser mortellement. « Si on meurt dans l'Helheim, on meurt vraiment, a dit le vieux Noah. C'est la dernière limite, le point de non-retour. Si vous mourez là-bas, votre âme sera désintégrée et disparaîtra à jamais. » Arielle ne supporterait pas de voir Noah mourir une deuxième fois. Elle s'interpose constamment entre Nomis et lui, pour recevoir chacune des attaques et y répondre du mieux qu'elle peut.

– Il est trop rapide ! lance Noah qui, malgré l'aide de son amie, a de la difficulté à tenir le rythme.

– Éloigne-toi ! lui demande Arielle. Je vais m'occuper de lui !

– Tu ne pourras pas le combattre seule, Arielle !

Nomis réussit à écarter la lame de Noah et lui assène un violent coup au menton avec la garde de son épée. Noah s'écroule sur le sol, comme Ael avant lui. Arielle en profite pour contre-attaquer, mais elle n'est pas assez rapide : Nomis bondit dans les airs et atterrit derrière elle. Il lui donne un coup de pied dans les reins pour lui faire perdre l'équilibre. La force de l'impact projette la jeune fille vers l'avant. Elle fait un plongeon et se retrouve la face contre terre. Elle a tôt fait de se retourner sur le dos, mais constate avec angoisse que son épée lui a échappé. Elle lève les yeux et voit Nomis qui s'avance vers elle. L'élue tente de se relever, mais l'alter l'en empêche : d'un mouvement vif, il appuie la pointe de son épée sur sa gorge. Arielle ne doit espérer aucune aide de la part de Jason, de Simon ou encore des dobermans, car ils sont trop occupés à se défendre contre les puissants assauts de Razan. Quant à Noah et à Ael, ils sont toujours inconscients. Cette fois, se dit-elle, je devrai me débrouiller seule.

— J'en ai ras le bol de toutes ces prophéties annonçant la victoire du bien sur le mal ! s'exclame Nomis avec une lueur de folie dans le regard. Ça sert seulement aux auteurs en manque d'inspiration !

Arielle a peine à avaler. La lame de l'alter se fait de plus en plus insistante sur sa gorge.

— Tu es déçue ? lui demande Nomis. Déçue que la prophétie ne se réalise pas ? Déçue de ne pas être l'élue qui sauvera le monde ?

Il observe Arielle pendant quelques secondes, puis éclate de rire. L'adolescente sait à ce moment que tout est perdu : l'alter fou n'hésitera pas à la tuer. Rien ni personne ne pourra l'en empêcher maintenant.

— À la fois si jolie et si dangereuse…, dit Nomis. C'est étrange, mais tu vas me manquer malgré tout.

L'alter s'apprête à transpercer la gorge de l'élue lorsque le passage vers la Terre commence à s'animer derrière lui. Un son étrange en émerge, ressemblant à un grondement. Nomis cesse de rire instantanément et Arielle comprend que quelque chose ne tourne pas rond. Elle lève les yeux et aperçoit Brutal qui surgit soudain du passage. «BANZAÏÏÏÏ!» hurle-t-il en se jetant sur Nomis. Ce dernier n'a pas le temps de réagir : l'animalter le repousse vers une des parois de la grotte, libérant ainsi Arielle de la lame qui menaçait sa gorge. D'un bond, la jeune fille se remet sur ses pieds, reprend son arme et fonce vers l'endroit où se trouvent Brutal et Nomis.

Je ne pourrai pas vaincre Nomis, songe-t-elle. *Il est trop puissant.*

«Chaque nouvelle élue peut recourir aux pouvoirs de celles qui sont venues avant elle», a affirmé Annabelle dans le songe. Pourquoi Arielle se souvient-elle de ces mots à ce moment précis?

Sans aide, tu ne pourras pas combattre Nomis, se dit-elle. *Voilà pourquoi!*

– Que la puissance de mes ancêtres parvienne jusqu'à moi! s'écrie-t-elle alors sans réfléchir.

Arielle ne sait pas d'où lui sont venues ces paroles, mais dès qu'elle les prononce, le médaillon demi-lune commence à chauffer sur sa poitrine. Elle se sent aussitôt enveloppée d'une aura protectrice, comme si une bulle d'invincibilité se formait autour d'elle. «*Je t'accorde la ruse et le courage*», déclare la voix d'Abigaël dans son esprit. «*Et moi, je t'accorde le talent de manier l'épée*», dit ensuite la voix d'Annabelle. D'autres voix de jeunes filles se succèdent à l'intérieur d'Arielle, des voix qu'elle ne reconnaît pas, mais qu'elle sait appartenir à ses ancêtres :

« *Et moi, je t'accorde la souplesse.* »

« *Et moi, je t'accorde l'agilité.* »

« *Et moi, je t'accorde la force.* »

Chacune d'elles lui fait don d'un pouvoir particulier. Lorsqu'elle rejoint enfin Brutal et Nomis, Arielle n'est plus seulement une descendante de la lignée des Queen, elle est la lignée des Queen tout entière. En plus de ses propres pouvoirs d'alter, elle possède ceux de toutes les élues qui sont venues avant elle. Nomis est le premier à s'en rendre compte. Après avoir paré aisément chacune de ses attaques, la jeune fille l'agrippe par le bras et le soulève de terre, comme s'il pesait à peine quelques kilos. L'alter ne comprend rien à ce qui lui arrive. D'un seul lancer, Arielle l'expédie à l'autre bout de la grotte. Nomis fait un vol plané et va s'écraser contre la paroi rocheuse. La force de l'impact a été telle qu'il est incapable de se relever après avoir touché le sol.

Brutal est stupéfait par la force de sa maîtresse.

– Wow ! t'as pris des vitamines ou quoi ?

Arielle n'a pas le temps de lui répondre. Elle se tourne et repère rapidement Razan qui est sur le point de blesser à la fois Geri et Freki. D'un mouvement à peine perceptible, la jeune élue jette son épée en direction de l'alter, à la manière d'une lance.

Razan laisse échapper un cri de douleur lorsque la lame se plante dans sa cuisse. Instinctivement, il se penche pour retirer l'épée de sa chair, mais

Jason et les dobermans ne lui en laissent pas le temps : ils profitent du fait qu'il a baissé sa garde pour multiplier leurs attaques. Après plusieurs assauts, les dobermans parviennent enfin à désarmer Razan. Sans perdre une seconde, Jason commande à ses mjölnirs de foncer sur l'alter blessé et affaibli : «Mjölnirs ! Immobilisation !» L'un des marteaux s'abat aussitôt sur la poitrine de Razan, le plaquant au sol, tandis que l'autre se pose sur son abdomen. La pression qu'exercent les mjölnirs sur Razan est telle que l'alter ne peut se relever. Il peut bouger les bras et les jambes, mais tout le reste de son corps est immobilisé. Il est promptement désarmé par Geri qui, d'un coup de pied, envoie son épée rouler jusqu'au fond de la grotte.

– Vaincu par un cow-boy et deux chiens de garde ! lance Razan en riant. Pas croyable !

Son rire est interrompu par une douleur qui provient apparemment de son thorax.

– Ces foutus marteaux m'ont brisé les côtes !

Le danger est écarté à présent. Nomis et Razan ont été mis hors d'état de nuire. Dès que le calme est revenu dans la grotte, le médaillon demi-lune se refroidit sur la peau d'Arielle. Au même moment, elle réalise que tous ses pouvoirs spéciaux l'ont abandonnée. Sans la présence de ses ancêtres, la jeune élue se sent à la fois seule et vulnérable. «*Ne t'inquiète pas, nous reviendrons*», lui confie la voix posée d'Annabelle. Ce n'était qu'un petit avant-goût de ce que nous pouvons réussir lorsque nous unissons nos pouvoirs.»

La voix de Brutal tire Arielle de ses pensées.

— J'ai l'impression que je suis en retard, déclare-t-il derrière elle. Je me trompe ?

L'adolescente se tourne vers l'animalter. Elle est heureuse de le revoir, mais surtout soulagée de constater qu'il ne lui est rien arrivé.

— T'en fais pas, répond-elle. Tu nous as sauvés, c'est ce qui compte.

— Je ne comprends pas, s'interroge Brutal. J'ai pourtant bu l'eau de l'Evathfell tout de suite après toi !

Arielle lui rappelle que le temps ne s'écoule pas à la même vitesse dans l'Helheim et sur la Terre, ce qui a créé un décalage entre le moment de son départ et celui de son arrivée. L'animalter n'est pas certain de comprendre, mais la jeune fille lui assure que des éclaircissements viendront plus tard. Tous deux se dirigent ensuite vers l'endroit où repose Noah. Geri et Freki sont déjà agenouillés auprès de leur jeune maître. Ael, pour sa part, a repris conscience, et tente de se relever avec l'aide apparemment non sollicitée de Jason.

— OK, tu peux me lâcher maintenant ! ordonne-t-elle au chevalier une fois qu'elle s'est remise sur ses jambes.

— Farouches, ces démons femelles ! affirme Jason tout en écartant les bras pour lui montrer qu'il n'insiste pas.

En apercevant Brutal, Geri ne peut s'empêcher de lui reprocher son retard :

— T'as fait une pause en route ou quoi ?

— Tu devrais plutôt me remercier d'être intervenu aussi vite, Scooby-Doo, répond le chat.

– En parlant de vitesse d'intervention, intervient Freki, pourquoi Brutal n'a pas entrepris sa marche de zombie vers la citadelle, comme tous ceux qui arrivent dans l'Helheim ?

– Parce que nous, les chats, avons un niveau de conscience supérieur, déclare Brutal en bombant le torse. On comprend tout de suite qu'on a débarqué chez les morts, et qu'il vaut mieux ne pas s'y attarder !

Toute la bande pousse un soupir de soulagement lorsque Noah ouvre enfin les yeux. Arielle se penche vers lui et pose un baiser sur sa joue. Le jeune homme lui sourit.

– Je suis désolé, dit-il. Sans mes pouvoirs d'alter, je ne suis bon à rien.

– Tu as fait ce que tu as pu, lui répond Arielle pour lui redonner confiance.

Noah se remet debout. Il est le premier à se rendre compte que l'un des leurs manque à l'appel.

– Où est Simon ? demande-t-il.

19

Les autres se mettent à chercher.

— Je suis ici! répond finalement le jeune Vanesse.

Tous les yeux se tournent alors vers l'endroit d'où est venue la voix.

— Je ne peux pas le laisser vivre, déclare Simon qui se tient debout au-dessus de Nomis.

Nomis est étendu sur le sol et bouge les membres avec difficulté. Il ne s'est pas encore remis de son vol plané à travers la grotte, et encore moins de sa collision avec la paroi rocheuse. Simon le menace avec la pointe d'une épée, de la même façon que le jeune alter menaçait Arielle un peu plus tôt.

— Tu m'as tué quand tu as pris possession de mon corps sur la Terre, dit le garçon tout en faisant jouer la lame sous le menton de son alter. À cause de toi et de ta maudite possession intégrale, j'ai été envoyé ici, dans les cachots du Galarif. Aujourd'hui, je suis sur le point de retourner sur la Terre… mais ce sera sans toi!

Nomis se met à rire.

– Tu ne pourras pas te débarrasser de moi aussi facilement. Je suis une partie de toi, Simon. Aussitôt que tu seras de retour là-bas, je recommencerai à te pourrir la vie. Et un jour, crois-moi, je te renverrai ici !

Simon ne se laisse pas intimider par les propos de son alter.

– Pourquoi je ne pourrais pas me débarrasser de toi, hein ? As-tu oublié que lorsqu'on est tué dans l'Helheim, on disparaît pour toujours ?

Nomis cesse de rire. La peur se lit soudain sur son visage.

– Non, tu ne peux pas me tuer ! dit-il.

Simon hoche la tête.

– Bien sûr que je le peux. Et c'est pas la motivation qui manque.

– Ael ! s'écrie Nomis. Ne le laisse pas faire ! Aide-moi !

Ael ne bouge pas. Pourquoi interviendrait-elle ? Nomis lui a clairement signifié qu'il ne remettrait plus jamais les pieds sur la Terre. Qu'elle le délivre ou non, la jeune alter reviendra bredouille de son voyage et aura droit, de toute façon, à la colère de Reivax.

– Tu as épuisé ton capital de sympathie quand tu as essayé de me tuer, chéri, lance-t-elle à Nomis avant de se détourner.

Ce n'est plus la peur qu'expriment les traits de Nomis à présent, mais la panique.

– Non, vous ne pouvez pas…

Simon ne lui laisse pas le temps de continuer sa phrase.

– Je te souhaite beaucoup de plaisir dans le néant éternel! déclare-t-il avant de trancher la tête de l'alter d'un coup sec.

La tête de Nomis roule jusque dans un coin sombre de la grotte. Simon enfonce ensuite sa lame profondément dans le cœur du démon; une autre façon de s'assurer que celui-ci est bel et bien mort. Après une série de spasmes, le corps de Nomis s'immobilise complètement.

– À ton tour maintenant, dit Simon en lançant son épée fantôme à Noah.

Noah attrape l'arme et jette un coup d'œil à Razan, qui est toujours coincé sous les mjölnirs.

– C'est le seul moyen de te débarrasser de lui, explique Simon. Si tu le laisses vivre, il reviendra avec toi sur la Terre et t'empoisonnera la vie pendant encore longtemps.

L'épée prête à frapper, Noah s'approche lentement de son alter.

– Partez! ordonne-t-il aux autres. Je vais m'occuper de lui.

– Noah a raison, affirme Arielle en dirigeant ses compagnons vers le passage, il faut se dépêcher de rentrer. Les gardes alters ne vont plus tarder.

Geri et Freki hésitent un moment devant l'entrée du passage. Après s'être consultés du regard, ils décident finalement d'y pénétrer. Tous les deux sont aussitôt aspirés par le portail liquide.

– On rentre déjà? s'écrie Brutal lorsque vient son tour.

Arielle lui demande de se grouiller. Tête baissée, le chat disparaît à son tour dans le passage.

Ael est la suivante. Une main sur son bras pour empêcher sa blessure de saigner, elle traverse lentement le mur d'eau noire et entreprend son voyage de retour vers Midgard.

Ne reste plus dans la grotte que Jason, Simon, Noah et Arielle. Razan est toujours gardé captif sous les mjölnirs de Jason.

– Tu peux rappeler tes marteaux, dit Arielle au jeune chevalier fulgur.

– On va s'occuper de lui, fait Noah.

Les deux élus brandissent leurs épées en direction de l'alter.

– Mjölnirs ! Retour ! lance Jason.

Les deux marteaux libèrent Razan et vont retrouver les mains gantées de leur propriétaire. Le chevalier leur fait faire un tour entre ses doigts et les glisse dans les étuis de son ceinturon, à la manière d'un cow-boy qui rengaine ses pistolets.

Razan se relève avec difficulté, tout en se tenant les côtes. Son épée est demeurée sur le sol. Visiblement, il n'a pas l'intention de résister.

– Je préfère mourir que de retourner là-bas, assure-t-il. Vous avez rendu un grand service à ce pauvre Nomis en lui coupant la tête, ajoute-t-il en s'appuyant contre la paroi rocheuse.

Arielle et Noah gardent leurs lames pointées vers lui. Ils ne lui font pas confiance.

– Tu sais ce que c'est de voir passer sa vie à travers les yeux d'un autre ? demande Razan à Noah. Toutes les nuits, depuis des années, j'essaie de renaître, mais ton foutu médaillon demi-lune m'en empêche. À chaque fois que tu t'endors, je m'éveille, mais seulement pour constater que je n'ai aucun contrôle sur mon corps et que mon esprit est lié à celui de mon ennemi.

Jason se tourne vers Simon.

– C'est censé nous émouvoir?

Plusieurs battements d'ailes se font entendre à l'extérieur de la grotte.

– Ce sont les gargouilles! clame Simon.

– Les alters arrivent, déclare Noah. Arielle, tu pars d'ici, vite!

– Pas sans toi!

– Allez-y, je m'occupe de les retenir un moment! dit Jason.

Le chevalier dégaine une nouvelle fois ses marteaux et se précipite vers l'entrée de la grotte. «Mjölnirs! Barrière!» ordonne-t-il une fois arrivé là. Les deux marteaux quittent alors ses mains et se mettent à décrire des zigzags devant le passage qui mène à l'extérieur, bloquant ainsi l'accès aux alters.

– Alors, tu me tues ou pas? demande Razan à Noah.

Noah tient toujours son épée pointée vers son alter, qui lui fait face à présent.

– Dépêche-toi d'en finir, mauviette! crie Razan.

Des soldats alters se sont massés derrière le mur protecteur formé par la circulation des mjölnirs. Leur nombre ne cesse de croître. Ils essaient par tous les moyens de percer la barrière: les plus proches utilisent leurs épées, tandis que ceux qui se trouvent derrière mitraillent le mur de flèches et de lances. Certains alters se jettent même contre les mjölnirs, espérant interrompre leur mouvement, mais sont violemment repoussés.

– Je ne pourrai plus tenir longtemps! hurle Jason à l'entrée de la grotte.

Noah hésite toujours à tuer son alter.

– Tu es une partie de moi…, dit-il à Razan.

– Et alors? répond celui-ci. Tu fais du sentiment maintenant?

Sans que Noah ait le temps de réagir, Razan échappe à sa lame et se faufile derrière lui.

– Tu es faible! s'exclame l'alter avec mépris en frappant Noah sur la nuque. Comme tous les humains! Heureusement que votre règne sur Midgard s'achève!

Razan s'apprête à frapper Noah une seconde fois, mais Arielle lui assène juste à temps un violent coup de pied au niveau du thorax. L'alter émet un grognement de douleur. L'adolescente empoigne ensuite Noah par ses vêtements et l'éloigne de Razan. Celui-ci ne s'attarde pas auprès d'elle; tout en se tenant les côtes, il bat en retraite vers l'entrée de la grotte. Arielle n'a pas l'intention de le poursuivre. Avec Noah, elle court retrouver Simon près du passage vers la Terre.

– Il faut y aller maintenant! lance-t-elle.

Alors qu'elle entraîne les deux garçons vers le passage, la jeune fille repense à ce que lui a dit le vieux Noah: «Lorsque vous me libérerez et que je parviendrai à m'échapper du monde des morts, je choisirai de revenir parmi les vivants, mais vingt-cinq ans plus tôt, alors que tu n'étais pas encore née.»

– C'est le moment, déclare Noah, comme si lui aussi s'était répété les paroles de l'oncle Yvan.

Il se place devant le mur d'eau noire et poursuit :

— J'imagine qu'il me faut seulement le souhaiter pour y arriver. Je dois donc me réincarner en 1981, il y a vingt-cinq ans, et retrouver ta mère, Gabrielle. Plus tard, lorsque tu naîtras, il me faudra te sauver des elfes noirs et t'emmener vivre à Belle-de-Jour. C'est bien ça ?

Les paroles d'Annabelle résonnent alors dans l'esprit d'Arielle : « Noah doit revenir avec toi. Sans lui, nous sommes tous perdus. Ne le laisse pas devenir ce qu'il n'est pas. C'est votre amour qui nous sauvera tous ! »

— Noah, je ne peux pas te laisser faire ça, lui dit Arielle.

La voix du vieux Noah prend de nouveau le relais : « Si l'oncle Yvan n'existe pas, l'histoire sera changée. Modifier le passé de cette façon pourrait nous être fatal à tous. »

Quelques flèches réussissent à percer la barrière protectrice des mjölnirs et ricochent contre la paroi rocheuse située tout près d'Arielle et des deux garçons.

— C'est pour nous deux que je dois faire ce sacrifice, s'empresse d'expliquer Noah. On ne peut pas faire autrement.

Arielle n'arrive pas à croire que cela va se terminer de cette façon. Cette quête du bien qui devait un jour les réunir dans l'amour est sur le point de les séparer à jamais. Elle avait pourtant cru qu'avant la fin de l'aventure elle réussirait à trouver un moyen de ramener Noah avec elle dans le présent. Elle s'était trompée. À son retour sur la Terre, elle sera accueillie par l'oncle Yvan et non par Noah, son Noah, le jeune homme à la cicatrice dont elle est en train de tomber amoureuse. Cette pensée la remplit d'une profonde tristesse.

Avant de s'engager dans le passage, Noah se tourne une dernière fois vers Arielle.

– Tu sais ce que je ressens pour toi, Vénus.

Arielle acquiesce.

– Ça n'a jamais changé, ajoute Noah. Et ça ne changera jamais.

La jeune fille s'approche de lui et l'embrasse.

– Je sais, répond-elle.

Noah sourit, puis se prépare à franchir le mur d'eau noire lorsqu'il est repoussé au dernier moment par Simon.

– C'est moi qui vais y aller ! leur déclare le jeune Vanesse. Je vous dois bien ça à tous les deux.

– Attends, tu ne peux pas prendre ma place, réplique Noah.

– Vingt-cinq ans en arrière, hein ? demande Simon. Arielle, tu ne m'en voudras pas si je choisis un autre prénom qu'Yvan ? J'aime pas beaucoup.

Arielle lui fait signe que non. Le jeune Vanesse la remercie, puis s'élance sans attendre dans le mur d'eau noire.

– Non, ne fais pas ça ! s'écrie Noah.

Mais il est déjà trop tard. Simon a disparu.

20

*Arielle et Noah se retrouvent
seuls devant le passage.*

Dès que Simon a franchi l'entrée du passage, quelque chose a changé en Arielle. Quelque chose se rapportant à l'oncle Yvan. *Je n'arrive plus à voir son visage*, songe-t-elle.

— Arielle, pourquoi tu ne l'en as pas empêché? demande Noah.

Parce que c'était dans l'ordre des choses, se dit la jeune fille. Elle n'a aucune idée de ce qui a poussé Simon à prendre la place de Noah, mais, en vérité, elle est heureuse que cela se soit produit.

— Je suis certaine que c'était la meilleure chose à faire, répond-elle. Pour nous deux... et pour l'humanité.

Arielle tourne ensuite la tête et aperçoit Razan qui a atteint l'entrée de la grotte. L'alter est parvenu à se rapprocher de Jason sans que celui-ci s'en rende compte, trop occupé qu'il est à maintenir la barrière protectrice en place.

— Jason! Attention! lui crie Arielle pour le prévenir de la présence de l'alter.

Le jeune chevalier se retourne et voit Razan derrière lui. Il ne peut à la fois se défendre contre lui et garder les marteaux en mouvement. Jugeant que la survie des deux élus est plus importante que la sienne, il choisit de rester concentré sur la barrière formée par ses mjölnirs, espérant que cela sera suffisant pour retenir les alters encore quelques secondes.

– Partez! ordonne-t-il à Arielle et à Noah en reportant toute son attention sur la barrière. C'est votre dernière chance de quitter sains et saufs cet endroit!

Mais Razan n'a pas l'intention de leur laisser cette chance: d'une seule main, il agrippe Jason et le pousse contre ses propres mjölnirs. Les impacts répétés des marteaux sont si puissants qu'ils repoussent le chevalier à plusieurs mètres. Celui-ci retombe violemment sur le sol, mais ne perd pas connaissance. N'étant plus animés par la volonté de leur maître, les mjölnirs cessent de circuler et la barrière finit par tomber. Une vague d'alters lourdement armés déferle alors dans la grotte et fonce droit vers Arielle et Noah.

Flèches et lances ne tardent pas à pleuvoir autour d'eux. Ces derniers n'ont que quelques pas à faire pour atteindre le passage vers la Terre, mais doivent avant tout se protéger des projectiles qui s'abattent sur eux. À coups d'épée, Arielle et Noah réussissent à fendre les lances et à écarter les flèches, mais, au rythme où les projectiles sont lancés, ce n'est qu'une question de temps avant que l'un des deux élus ne soit mortellement touché.

Jason se remet sur ses jambes et rappelle ses mjölnirs. « Mjölnirs ! Baliste ! » s'écrie-t-il une fois qu'il les a bien en main. Razan devine ses intentions, mais n'est pas assez rapide pour intervenir ; il a juste le temps de voir le chevalier s'accrocher solidement aux manches des mjölnirs et leur ordonner de foncer vers les alters. Jason et ses marteaux décollent comme une fusée.

Les alters ne sont plus qu'à quelques mètres d'Arielle et de Noah. Ils ont troqué leurs lances et leurs flèches contre leurs épées, qu'ils font tourner au-dessus de leurs têtes en lançant des cris de guerre. Arielle et Noah échangent un dernier regard. Dans quelques secondes à peine, les alters seront sur eux.

– On ne peut pas abandonner Jason ici, dit Arielle.

Parce qu'il est leur ami, bien sûr, mais aussi parce que tous ceux qui ont bu l'eau de l'Evathfell doivent rentrer ensemble, sans quoi le passage ne se refermera pas.

– Je suis d'accord avec toi, répond Noah en brandissant son épée.

Arielle lève son épée et se prépare elle aussi à affronter les alters. *Nous survivrons, c'est écrit,* se répète-t-elle en fermant les yeux. Lorsqu'elle les rouvre, la jeune fille aperçoit Jason et ses mjölnirs qui se fraient un chemin à travers la masse compacte des alters, à la manière d'un bélier, balayant tous ceux qui se trouvent sur leur trajectoire. En un éclair, ils distancent leurs ennemis et filent vers l'endroit où se tiennent Arielle et Noah. Ces derniers ont à peine le temps de retenir leur souffle : une fois parvenu à leur hauteur, Jason ouvre les bras et les entraîne avec lui dans le passage vers la Terre.

Les trois jeunes gens disparaissent dans le mur d'eau noire une fraction de seconde avant que les alters ne les atteignent.

Aussitôt que le dernier humain l'a franchi, le passage se referme, puis disparaît. Les alters de la première rangée ne peuvent freiner leur course et vont s'écraser au fond de la grotte. Incapables d'écarter leurs épées à temps, certains sont victimes de leur propre lame, alors que d'autres chutent et sont piétinés par leurs collègues qui arrivent derrière eux en continuant de charger à fond de train.

Razan a vu défiler le troupeau d'alters, mais ne s'est pas joint à eux. Il est resté à l'écart, pour se préparer à ce qui va suivre. Rien n'est encore terminé, il le sait. Avec le départ de Noah, il a droit à un billet de retour pour la Terre.

— Hé ! ça va ? lui demande un jeune alter en se plantant devant lui.

— J'ai l'air d'aller, d'après toi ? s'impatiente Razan tout en essayant de s'accrocher à la paroi rocheuse.

Il ne réussit pas à chasser le puissant vertige qui l'assaille. Il ne sent presque plus ses membres. C'est son âme qui souffre maintenant : il a l'impression que son esprit se resserre dans son crâne, comme s'il y était trop à l'étroit. Il connaît ce sentiment d'oppression pour l'avoir déjà ressenti alors qu'il vivait prisonnier dans le corps de Noah Davidoff. Razan rage intérieurement : *Tout ça reviendra dès que j'aurai réintégré la carcasse de cet imbécile, et que je devrai de nouveau lui laisser toute la place !* Ses jambes finissent par se dérober sous lui, et il se retrouve à genoux sur le sol.

– Qu'est-ce qui lui arrive ? demande un soldat en s'approchant du jeune alter qui assiste à la scène.

Celui-ci hausse les épaules et répond :

– Son esprit est renvoyé à Midgard, je crois.

– C'est possible ? lance un troisième alter.

– Si ta personnalité primaire remonte là-haut, paraît que t'es obligé d'en faire autant.

Le corps de Razan se dématérialise sous leurs yeux. Il perd de sa densité et devient peu à peu translucide.

C'est pas vrai ! grogne-t-il pour lui-même. *J'avais réussi à échapper à ce monde de merde, et voilà qu'ils m'y ramènent !*

Au bout de quelques secondes, Razan a complètement disparu.

Les trois alters secouent la tête, tout en continuant de fixer l'espace vide devant eux.

– Pauvre gars...

Aussitôt qu'il est aspiré par le mur d'eau noire, le corps d'Arielle se divise de nouveau en millions de particules, qui prennent aussitôt le chemin de

Midgard. La jeune fille ne s'en inquiète pas, car elle comprend que cette décomposition temporaire est nécessaire aux voyages entre les différents royaumes. Même si elle est privée de sa forme physique, elle parvient tout de même à penser et à ressentir des choses. À chaque instant, elle sent une chaleur réconfortante qui entoure son être dispersé. Cette chaleur, c'est Noah. Il est là, tout près d'elle. Il la réconforte, non pas avec ses bras, mais avec son âme. Les deux élus reviennent ensemble vers Midgard, le royaume des vivants, pour y accomplir la prophétie. *Tout est rentré dans l'ordre,* se dit Arielle. *Noah revient avec moi. Nous serons enfin réunis.* Au même moment, elle réalise que l'image de l'oncle Yvan continue à se dissiper dans son esprit ; ce phénomène a débuté dès l'instant où Simon a pris la place de Noah dans la grotte. *Ce n'est pas Noah qui s'est incarné vingt-cinq ans plus tôt,* songe-t-elle, *mais Simon.* Il a accompli tout ce que Noah devait accomplir. C'est Simon Vanesse, et non Noah, qui est revenu en 1981 et qui a connu sa mère. C'est Simon, devenu adulte, qui les a aidées toutes les deux à échapper aux elfes noirs et qui est venu vivre à Belle-de-Jour avec Arielle, alors qu'elle n'était encore qu'une enfant.

Chaque moment passé en compagnie de l'oncle Yvan est remplacé par un nouveau souvenir, mettant en scène un nouvel homme : l'oncle Sim. C'est le nom qu'a adopté le vieux Simon au fil des ans : « Tu ne m'en voudras pas si je choisis un autre prénom qu'Yvan ? » lui a demandé Simon avant de disparaître dans le passage. L'oncle Yvan

– celui qu'elle appelait « le vieux Noah » il n'y a pas si longtemps encore – n'a jamais vu le jour, puisqu'il a été remplacé par Simon, qui est devenu plus tard l'oncle Sim. Les nouveaux souvenirs d'Arielle le confirment : c'est l'oncle Sim qui s'est occupé d'elle pendant son enfance, c'est aussi lui qui l'a nourrie et vêtue pendant toutes ces années où ils ont vécu ensemble à Belle-de-Jour. C'est lui qui a acheté leur maison et qui a embauché Juliette, leur femme de ménage. C'est l'oncle Sim qui est apparu dans la chambre du motel Apollon, il y a quelques jours, et qui lui a parlé de son frère Emmanuel. C'est encore Sim qui les a conduits, Noah, les animalters et elle, au manoir Bombyx à bord de sa voiture le soir où les alters et les sylphors se sont affrontés. C'est l'oncle Sim qui lui a révélé que Noah était toujours vivant, et qu'elle devait aller le chercher dans l'Helheim. Ce même Sim a piloté le *Danaïde* jusqu'en Bretagne et les a accompagnés dans la fosse nécrophage d'Orfraie, puis jusqu'à la fontaine du voyage. Oui, c'est bien l'oncle Sim qui a fait tout ça, et non pas Yvan. En prenant la place de Noah, Simon a modifié le passé et, par le fait même, le présent. Son sacrifice a empêché Noah de devenir l'oncle Yvan, au grand bonheur d'Arielle, mais a également créé une nouvelle réalité dans laquelle Yvan n'a jamais existé.

La chaleur qui enveloppait Arielle quelques instants plus tôt disparaît brusquement. Elle se sent soudain très seule, abandonnée. C'est Noah qui est parti. Il n'est plus là, elle ne sent plus sa présence. Elle le cherche, partout. Mais ne trouve rien. Que l'obscurité. Que le vide. Au-dessus d'elle, elle distingue soudain une lueur, qui ressemble au reflet de la lune sur un lac. Arielle a l'impression d'être sous l'eau. Elle doit nager vers cette lueur, c'est la seule façon de quitter le néant et d'émerger à la surface. Elle doit se dépêcher. Elle commence à manquer d'air et le courant froid tente de l'attirer vers les profondeurs. Plus fort! Elle doit nager encore plus fort, et plus vite! La lueur commence à s'atténuer.

– Non! Attendez-moi! hurle-t-elle.

Mais ses paroles sont étouffées par le liquide dans lequel elle baigne.

– Par pitié, attendez-moi!

Une main plonge soudain à travers la lueur. Elle agrippe Arielle par ses vêtements et la tire hors de l'eau.

«Arielle? ça va?» s'empresse de lui demander une voix.

L'air pénètre enfin dans les poumons de la jeune fille. Elle prend une grande inspiration et manque de s'étouffer. Lorsqu'elle ouvre les yeux, Arielle comprend qu'elle patauge au milieu d'un bassin. Ce bassin, c'est celui de l'Evathfell, la fontaine du voyage. Elle reconnaît le gros chêne qui s'élève devant elle, ainsi que les trois chouettes perchées sur leurs branches. La tête de loup se trouve toujours au pied du chêne et la fixe avec ses deux petits yeux noirs. Arielle réalise qu'elle a failli se noyer dans à peine un mètre d'eau.

– Bienvenue dans le monde des vivants! dit Brutal en l'aidant à se relever, puis à sortir de la fontaine.

Jason n'est pas loin. Il est trempé, tout comme Arielle. Sans doute a-t-il émergé de l'Evathfell peu de temps avant elle.

– Où est Noah? demande immédiatement la jeune fille.

Brutal se contente de hausser les épaules: il n'en sait rien. Ael et les dobermans secouent la tête.

– Personne ne l'a vu? s'inquiète Arielle. Il n'est pas revenu avec nous?

– On ne peut pas l'attendre, annonce une voix d'homme derrière elle. Il faut partir tout de suite.

L'adolescente se retourne. L'homme qui vient de parler est agenouillé auprès de sa mère, qui est toujours inconsciente. Arielle le reconnaît: c'est l'oncle Sim, celui qui a remplacé l'oncle Yvan à la fois dans sa vie et dans ses souvenirs.

– Heureux de te revoir, lui lance Sim.

C'est bien Simon Vanesse, mais avec vingt-cinq ans de plus. Il a des rides au coin des yeux et tout le bas de son visage est caché par une barbe épaisse et grisonnante. Pour Arielle, à peine quelques minutes se sont écoulées depuis leur dernière rencontre, mais, pour Simon, c'est plus d'un quart de siècle qui est passé.

– Nous ne devons pas nous attarder ici, lui déclare le vieux Simon. Les elfes noirs vont bientôt arriver.

Les elfes noirs…, se dit Arielle. Comment j'ai pu les oublier, ceux-là? Ses compagnons et elle ont éliminé ceux du niveau carcéral, c'est vrai, mais leurs confrères de la fosse ne tarderont pas à rappliquer. Saboter le monte-charge leur a fait gagner quelques minutes, sans plus. *C'est une question de temps avant que les elfes ne trouvent un autre moyen de parvenir jusqu'à nous,* conclut-elle.

– Geri, Freki, occupez-vous de Gabrielle, ordonne Sim.

Les deux dobermans obéissent. Ils soulèvent doucement la mère d'Arielle.

– Elle va bien ? demande la jeune fille.

– Pour l'instant, fait son oncle. Mais il faut la conduire dans un hôpital, où elle pourra recevoir des soins adaptés.

Arielle a une autre question pour lui :

– Oncle Sim, où est Noah ?

L'homme hésite un moment, puis répond :

– Je ne sais pas, Arielle. Normalement, il aurait dû revenir avec toi et…

Il n'a pas le temps de finir sa phrase : un petit groupe d'elfes noirs et de serviteurs kobolds surgit soudain d'une trappe située dans le plafond du monte-charge.

– Ils ont trouvé un moyen de descendre par le puits ! s'écrie Geri.

Jason, Brutal et Ael se précipitent à la rencontre des elfes et des kobolds.

– Il en viendra d'autres ! les prévient Jason.

Le chevalier n'a pas tort : déjà, plusieurs autres sylphors apparaissent dans la cabine du monte-charge. Arme au poing, ils s'introduisent dans la grotte et viennent rejoindre leurs compagnons.

– On n'a pas le temps de se battre avec eux! dit le vieux Simon en sortant le flacon rempli de sève d'Ygdrasil.

Un don de Jorkane, se souvient Arielle. La nécromancienne leur a expliqué que cette précieuse sève servait à ouvrir des passages au centre de la Terre : « Une fois lancée contre un mur ou une paroi rocheuse, la sève se diffusera et créera une galerie souterraine qui mènera à l'extérieur du château. »

Le vieux Simon ne perd pas de temps : il lance le flacon contre la paroi rocheuse la plus proche. Dès qu'il entre en contact avec la pierre, le flacon se brise et libère la sève. Celle-ci se répand sur la paroi et crée une ouverture de forme ovale.

– Il ne faut pas traîner! les avertit l'oncle Sim. L'entrée de la galerie se refermera dès que la sève aura séché.

Geri et Freki transportent Gabrielle jusqu'au passage et s'y engouffrent les premiers. Le vieux Simon demande à Arielle d'y entrer à son tour, mais elle refuse : elle attendra jusqu'au dernier moment.

– Je n'abandonnerai pas Noah ici, explique-t-elle. Pas après avoir traversé tout ça.

Ael, Jason et Brutal ont quitté leur position défensive et accourent vers Arielle et l'oncle Sim. Ils sont poursuivis par des dizaines de sylphors et de serviteurs kobolds.

– Faut pas s'attarder ici, les copains! crie Brutal.

Ael passe devant Arielle et disparaît dans la galerie. Elle est immédiatement suivie de Brutal.

Jason et Sim forcent Arielle à entrer à son tour. Cette fois, la jeune fille ne résiste pas: elle a constaté que l'ouverture dans la pierre s'était réduite considérablement. *L'entrée du passage est sur le point de se refermer,* se dit-elle. *Si on ne part pas maintenant, on ne pourra plus s'échapper de la grotte.*

Avant de s'engager dans la galerie souterraine, Arielle jette un dernier coup d'œil en direction de la fontaine, avec l'espoir d'y voir apparaître Noah. Rien ne se passe. *Noah, où es-tu?* se demande-t-elle, affligée. *Noah, parle-moi!*

«Va-t'en vite, *Arielle!* lui répond la voix de Noah. *Ce n'est pas ici que nous nous reverrons.*»

Sim prend la main de sa nièce et l'entraîne à sa suite dans le passage.

— C'est toi qui devras nous guider, lui dit-il. Jason et moi n'y voyons rien dans le noir.

Un sylphor s'élance vers l'ouverture à l'instant même où celle-ci se referme. La partie centrale de son corps, du bassin à la poitrine, se retrouve alors emprisonnée dans le roc. Ses jambes sont toujours de l'autre côté de la paroi, dans la grotte, tandis que le haut de son corps, tête et épaules, se trouve dans le passage, avec Arielle et ses compagnons. Le sylphor hurle de douleur.

— On ne peut pas le laisser comme ça, lance Arielle.

Le sol est secoué par un puissant tremblement de terre. Le sylphor lance un dernier cri de terreur avant de disparaître sous un éboulement de rochers. Arielle réalise alors que ce n'est pas seulement l'entrée de la galerie souterraine qui se referme, mais la galerie tout entière.

– Foncez droit devant! hurle-t-elle à Jason et à l'oncle Sim qui se trouvent devant elle. Dépêchez-vous! Plus vite! Plus vite!

Le passage rétrécit de plus en plus derrière Arielle. Mètre par mètre, le tunnel se rebouche. C'est une course contre la montre: s'ils n'arrivent pas à distancer les éboulis qui comblent le vide derrière eux, les fuyards finiront par être écrasés par les rochers et demeureront à jamais prisonniers de la pierre, pareils à des fossiles.

L'inclinaison prononcée de la galerie souterraine n'aide en rien leur progression. Jason et l'oncle Sim doivent fournir de plus grands efforts pour avancer. Arielle aurait souhaité que le chevalier fulgur utilise ses marteaux pour les sortir de là, mais conclut qu'il lui serait impossible de s'orienter dans le noir. «*Peut-être, mais toi tu le peux! déclare la voix d'Annabelle. Et nous ne sommes plus dans l'Helheim. Ici, sur la Terre, tu peux... voler!*»

Oui, elle a raison! se dit l'adolescente. *Mes pouvoirs d'alter ont sûrement retrouvé leur puissance maximale!* Elle n'a pas le temps de réfléchir davantage, il lui faut tester le tout: d'un bond, Arielle quitte le sol et fonce vers l'avant. *Ça fonctionne!* se réjouit-elle en prenant son envol. Au passage, elle attrape Jason et l'oncle Sim, qui se demandent tous les deux ce qui leur arrive.

– Je vous dépose quelque part? leur demande Arielle après les avoir soulevés de terre sans le moindre effort.

À mesure qu'ils progressent, elle prend de l'assurance et augmente sa vitesse. Comme elle ne croise ni Ael ni les animalters, la jeune fille songe qu'ils ont certainement choisi de faire la même chose qu'elle, soit d'utiliser leurs pouvoirs afin de rejoindre la surface le plus rapidement possible.

Le vol sinueux d'Arielle dans l'espace réduit de la galerie dure encore quelques minutes. À un moment, elle remarque que la texture des parois autour d'eux commence à changer : le roc est graduellement remplacé par de grosses racines et de la terre. La surface n'est plus loin, une légère brise finit par le confirmer. Il faut encore une dizaine de secondes à Arielle et à ses compagnons avant d'atteindre l'extérieur. Dès qu'ils émergent de la galerie souterraine, celle-ci se scelle dans un grondement sourd. *C'était moins une,* pense Arielle en voyant que l'ouverture dans le sol s'est complètement obstruée.

Ael et les animalters se dépêchent de venir les accueillir. L'adolescente est heureuse de constater qu'ils se portent bien.

— Où sommes-nous ? les interroge-t-elle, tout en déposant doucement Jason et le vieux Simon sur le sol.

— Dans la forêt, répond Geri. Probablement à l'ouest du château d'Orfraie.

— Suivez-moi, dit l'oncle Sim. Le *Danaïde* n'est pas loin.

Au bout de quelques minutes, ils atteignent enfin la clairière où s'est posé le *Danaïde* un peu plus tôt. Geri s'engage le premier dans l'escalier rétractable menant à la cabine. La mère d'Arielle se trouve toujours dans ses bras ; elle n'a pas encore repris connaissance. Le doberman la dépose sur l'un des sièges et fonce vers le poste de pilotage. Arielle prend place aux côtés de Gabrielle et s'assure que son état est stable. L'oncle Sim rejoint Geri à l'avant de la cabine pendant que Brutal et Freki choisissent leurs sièges. Ael et Jason sont les derniers à pénétrer dans le *Danaïde*. Ils verrouillent la porte et vont rejoindre les autres.

— Superbe appareil, déclare Jason en examinant avec fascination l'intérieur de l'avion.

La dernière fois qu'il en a vu un, c'était en 1945 : un Messerschmitt de l'aviation allemande.

— Tout le monde est prêt ? demande le vieux Simon, qui a allumé les réacteurs de l'appareil.

Tous les passagers répondent par l'affirmative. Il n'en faut pas plus à Sim pour appuyer sur les manettes de poussée. Rapidement, le *Danaïde* s'élève dans les airs et s'oriente vers l'ouest.

— On retourne à la maison, affirme-t-il en jouant avec le manche de commande. Il est temps de mettre votre ceinture et de passer votre masque à oxygène.

Les masques ne tardent pas à tomber du plafond. Arielle en fixe un sur le visage de sa mère et s'apprête à passer le sien lorsque le *Danaïde* est ébranlé par une violente secousse.

— Qu'est-ce qui se passe ? lance Ael.

Elle a déjà piloté le *Danaïde* et sait que ce genre de vibration n'est pas normal.

— Encore ces maudits sylphors ! s'écrie Geri.

Arielle croit rêver lorsqu'elle aperçoit des elfes noirs à travers son hublot. Ils ont réussi à s'accrocher au *Danaïde*, comme des pirates qui montent à l'abordage, et essaient par tous les moyens d'endommager le fuselage. Plusieurs autres se joignent à eux : ils bondissent du sol et s'accrochent aux ailes, à la queue, ou encore aux empennages. Certains réussissent même à atteindre le nez de l'appareil.

— Sale vermine ! peste Brutal. Il en arrive de partout !

— Ils s'attaquent aux réacteurs ! dit Freki. Faut déguerpir en vitesse !

Sim appuie à fond sur les manettes de poussée. Mais, au lieu d'accélérer, l'avion subit une autre secousse.

— Il y a eu une explosion ! grogne Freki, le nez collé sur son hublot.

— La bonne nouvelle : on a grillé un sylphor, déclare Brutal. La mauvaise : le réacteur est en feu !

— Réacteur coupé ! répond aussitôt Geri. J'actionne les extincteurs !

Une substance blanchâtre jaillit à l'intérieur du réacteur et éteint les flammes.

— Faut se débarrasser de ces saletés ! fait le vieux Simon. Tout le monde est attaché ?

Ceux qui n'ont pas encore bouclé leur ceinture se hâtent de le faire.

— Accrochez-vous ! crie Sim avant de déplacer brusquement le manche de commande.

L'appareil répond immédiatement à la manœuvre et fait un tour complet sur lui-même. Incapables de résister à la force centrifuge, les sylphors sont évacués du fuselage et expédiés en tous sens dans le ciel noir. Sim répète l'exercice une seconde fois, et parvient finalement à déloger les derniers elfes. Dès que le *Danaïde* s'est de nouveau stabilisé, les passagers s'empressent de féliciter leur pilote.

– Mais où il a appris à piloter comme ça? demande Brutal.

– Nomis était un excellent pilote, explique Sim. J'ai gardé quelques-uns de ses souvenirs. Les plus utiles, heureusement.

– Ils ont salement amoché notre système de propulsion, annonce soudain Geri.

– On peut rentrer chez nous? l'interroge Sim.

– Ça me paraît faisable, affirme le doberman. Mais on fait une croix sur la vitesse hypersonique. Le réacteur numéro un est hors service. On ne peut pas compter sur lui. Le numéro deux va tenir le coup, mais faut éviter de le pousser à fond.

Sim regarde sa montre.

– Il est 5 h 30 du matin, heure de Bretagne, dit-il. Combien de temps nous faudra-t-il pour rentrer, selon toi?

Geri jette un coup d'œil aux données qui s'affichent sur le tableau de bord, puis répond:

– En utilisant la puissance minimale? Je dirais un peu moins de sept heures. Le *Danaïde* est un remarquable appareil. Même endommagé, il dispose encore d'une grande puissance.

Sim baisse de nouveau les yeux sur sa montre.

– Il est actuellement 23 h 30 en Amérique. Grâce au décalage, nous serons de retour chez nous avant le lever du soleil.

Arielle se tourne vers sa mère. Les derniers événements ne semblent pas l'avoir perturbée. Elle est toujours aussi immobile, toujours aussi silencieuse.

Noah, reviens-moi, songe Arielle qui se sent subitement gagnée par la fatigue. *J'ai besoin de toi... plus que jamais.*

21

Le vol de retour se déroule
sans ennuis.

Arielle ne perd pas connaissance, cette fois-ci. Elle tient la main de sa mère pendant presque tout le trajet. À intervalles réguliers, elle lui jette un regard, espérant la voir bouger, ou peut-être même s'éveiller. Les autres s'occupent à leur façon : Sim et Geri ne bougent pas du poste de pilotage ; pendant que l'un pilote, l'autre surveille les instruments de bord, et vice-versa. Jason a déniché une trousse de premiers soins et s'en sert pour nettoyer et panser la blessure d'Ael, malgré les moqueries de celle-ci : « Tu te prends pour une infirmière maintenant, cow-boy ? » Brutal et Freki, à l'arrière, ne cessent de débattre la même question : Quel animal domestique est le plus utile à l'homme ? le chat ou le chien ? Comme d'habitude, il y a surenchère d'arguments désobligeants, et la discussion finit par prendre une mauvaise tournure. Geri doit intervenir pour les faire taire tous les deux.

Après plusieurs heures de vol, Sim leur annonce enfin qu'ils amorcent leur descente vers

Belle-de-Jour. Arielle ne semble pas s'en réjouir, pas plus qu'Ael qui redoute sa rencontre avec Reivax.

— À quel genre de châtiment on a droit chez les alters lorsqu'on échoue dans sa mission? demande Jason.

Ael hausse les épaules.

— Ça va du bannissement à l'élimination pure et simple.

— Aucune chance de pardon?

— Ça s'est rarement vu, répond la jeune alter.

Arielle aperçoit les lumières de la ville par son hublot. Le ciel a changé de couleur. *Il fera bientôt jour,* se dit-elle. Le *Danaïde* s'éloigne du centre-ville et prend la direction du nord. Dans moins d'une minute, ils survoleront le lac Croche ainsi que le manoir Bombyx. Au loin, la jeune élue aperçoit l'enseigne lumineuse du motel Apollon; ce bâtiment lui rappelle Noah. C'est là que le garçon l'a cachée, il y a quelques jours, pour éviter que les elfes noirs ne retrouvent sa trace. C'est aussi là qu'il lui a avoué pour la première fois son amour. *Et toi, que lui as-tu répondu?* se questionne Arielle. *Rien. Tu l'as même repoussé quand il a essayé de t'embrasser.*

Elle appuie son front contre le verre froid du hublot et fixe les lueurs naissantes du crépuscule. Cette fois, elle ne peut retenir une larme.

« *Arielle, tu es là?* » dit une voix.

L'adolescente se retourne. Aucun des passagers n'a parlé. « *J'ai froid, Arielle* », poursuit la voix. C'est celle de Noah, Arielle en est certaine. Le jeune homme s'adresse à elle par la pensée.

– Noah, où es-tu ? lui demande-t-elle à voix haute.

Les autres passagers se tournent vers elle.

– Je t'en supplie, réponds-moi ! Où es-tu ?

Arielle défait sa ceinture et quitte son siège.

– Noah ! Je suis là, avec toi !

Elle fouille la cabine de long en large. Ses compagnons l'observent sans réagir. Qu'est-ce qui lui arrive ? À qui parle-t-elle ? Serait-elle devenue folle ?

Soudain, Arielle comprend. Elle sait où est Noah.

– Il y a une façon de sortir de cet appareil sans l'arrêter ? s'empresse-t-elle de lancer à son oncle.

Celui-ci désigne une trappe au centre de la cabine.

– Dans la soute, il y a un sas, explique-t-il.

– Parfait, répond la jeune fille. Occupez-vous de rendre le *Danaïde* à Reivax. On se retrouve plus tard à la maison. Vous deux, aidez-moi ! ordonne-t-elle ensuite à Brutal et à Freki.

Les deux animalters déverrouillent la trappe et soulèvent son abattant. En moins de deux, Arielle s'engouffre dans l'ouverture. Elle repère l'entrée du sas dès qu'elle pose un pied dans la soute. Une fois le mécanisme d'ouverture activé, la première porte se libère, lui permettant ainsi de se glisser dans le sas. L'adolescente attend que la première porte du petit compartiment se soit refermée avant d'ouvrir la seconde porte, celle qui donne sur l'extérieur.

Plus rien ne la sépare du vide à présent. Sous elle, le paysage défile à une vitesse étourdissante.

« Je serai bientôt là, Noah ! » s'écrie Arielle juste avant de se laisser emporter par le vent, qui a tôt fait de la propulser loin du *Danaïde*. Les bourrasques la font tournoyer dans tous les sens, mais elle arrive rapidement à reprendre le contrôle. Le lieu où elle croit pouvoir retrouver Noah est tout près. L'avion a survolé cet endroit il y a quelques instants à peine, au moment où elle a entendu la voix de son ami pour la première fois. Cet endroit, c'est le cimetière de Belle-de-Jour.

Arielle parcourt la distance qui la sépare du cimetière en quelques secondes. Dès qu'elle touche le sol, elle se dirige vers le caveau des Vanesse. Elle s'arrête devant le portail et examine les différentes plaques en bronze qui sont fixées sur la façade. Chacune d'entre elles porte le nom d'un Vanesse décédé. La jeune fille s'attarde sur la dernière plaque, celle consacrée à Noah.

ICI REPOSE NOAH DAVIDOFF,
AMI CHER DE LA FAMILLE VANESSE.
UN JEUNE HOMME QUI VIVRA ENCORE
LONGTEMPS DANS NOS SOUVENIRS,
PAR-DELÀ LA MORT.

En s'avançant vers le portail, Arielle constate que celui-ci n'est pas verrouillé. Elle tire sur les deux portes, qui s'ouvrent dans un long grincement, et entre dans le caveau. Il fait froid et humide, et l'odeur aigre qui règne entre ces murs a quelque chose de morbide. Mais l'adolescente n'a pas l'intention de se laisser arrêter par si peu : elle s'enfonce plus profondément dans le caveau.

Un frisson la traverse lorsqu'elle découvre enfin le cercueil de Noah. Il repose dans une large niche, creusée à même la paroi. Arielle remarque une petite inscription sur le mur :

NAZAR IVANOVITCH DAVIDOFF
1990-2006

Elle prend son courage à deux mains et ouvre le cercueil.

Il est vide.

Arielle n'est pas surprise ; elle s'y attendait. Remplie d'espoir, elle referme le cercueil et se précipite à l'extérieur du caveau. Elle balaie le cimetière du regard, à la recherche de Noah.

– Noah ?

Elle ne voit rien ; aucun mouvement, aucune ombre.

– Noah ? Tu es là ?

Le silence complet. Celui des morts. Arielle parcourt chaque allée du cimetière, inspecte chaque monument, regarde derrière chaque pierre tombale. Rien, toujours rien. La jeune fille se sent plus seule que jamais. *Noah, parle-moi !* supplie-t-elle. Mais aucune réponse ne vient. Arielle n'a plus la force de résister. La fatigue et la déception prennent le dessus. Elle s'agenouille au centre d'une allée et fond en larmes.

– Vénus ?

Arielle relève la tête. *Noah ?* Elle cherche encore. Au bout d'un moment, elle l'aperçoit enfin qui contourne le caveau. Il s'arrête devant le portail et lui fait un signe de la main.

– Pourquoi tu pleures, Vénus?

L'adolescente se redresse et court vers lui. Noah fait de même. Ils se rencontrent au centre du cimetière.

– Noah? C'est bien toi?

Le garçon la soulève dans ses bras.

– Bien sûr que c'est moi, répond-il en riant. Qu'est-ce que tu crois?

Il la repose sur le sol et l'embrasse longuement.

– Tu es revenu…, murmure Arielle.

– Par un autre chemin, apparemment.

Le soleil se lève derrière eux alors qu'ils s'embrassent de nouveau. Malgré le lever du jour, Arielle conserve son apparence d'alter. Elle tarde à s'en apercevoir, tant elle est absorbée par ce long baiser échangé avec Noah.

– Je suis tellement heureuse de te revoir, murmure-t-elle tout en continuant de l'embrasser.

Arielle sent soudain les chauds rayons du soleil sur son visage. Sans réfléchir, elle lève les yeux vers le ciel.

Mais qu'est-ce qui m'arrive? se demande-t-elle alors que ses lèvres sont toujours liées à celles de Noah. *Le jour est levé… Pourquoi je ne me transforme pas?*

Elle sent sa marque de naissance qui chauffe sur son épaule. «*Le papillon a quitté sa chrysalide*», dit la voix d'Annabelle dans son esprit.

Au bout d'un moment, Arielle finit par reprendre son apparence originale et redevient, bien malgré elle, «la petite rousse de Belle-de-Jour». Elle n'est pas la seule à s'étonner devant cette transformation tardive ; Noah paraît tout aussi intrigué.

– J'aurais dû reprendre ma forme humaine bien avant ça, dit la jeune fille qui se sent de nouveau à l'étroit dans son uniforme alter.

Noah l'examine de la tête aux pieds, cherchant lui aussi à comprendre ce qui s'est passé.

– T'en fais pas, lance-t-il finalement. Il y a sûrement une explication.

Arielle l'espère aussi.

– J'aurais bien aimé conserver mon corps d'alter pendant encore un moment, avoue-t-elle, un peu triste.

Noah enroule autour de son doigt une de ses boucles cuivrées.

– J'ai toujours eu un faible pour les petites rousses avec des taches de rousseur, tu le savais ?

Arielle lui sourit.

– C'est gentil. Et moi, j'aime beaucoup les grands bruns avec une cicatrice.

22

La maison qu'habite Arielle à présent est identique à celle où elle a vécu avec l'oncle Yvan dans l'autre réalité.

En fait, l'oncle Sim a acheté exactement la même maison ; elle est située à la même adresse, dans le même quartier. Seule la décoration est différente, note Arielle en franchissant la porte d'entrée.

Les animalters ont repris leur forme animale, et accueillent leurs maîtres en enchaînant à qui mieux mieux miaulements et aboiements. Arielle et Noah saluent chaleureusement leurs compagnons poilus, puis se rendent au salon. Ils y trouvent Jason, en train de nettoyer ses marteaux mjölnirs et ses gants de fer.

– Où est mon oncle ? l'interroge Arielle.

Jason explique qu'après avoir rendu le *Danaïde* à Reivax, l'oncle Sim les a déposés ici, les animalters et lui. Il s'est ensuite empressé de conduire Gabrielle à l'hôpital.

– Il rentrera bientôt, assure le jeune chevalier.

Arielle acquiesce en silence, puis propose aux deux garçons de passer à la salle à manger.

– Excellente idée! s'exclame Jason. Je suis affamé!

Ils se réunissent tous les trois autour de la table et s'attaquent avec appétit à la nourriture qu'Arielle a sortie du frigo.

– Pas mal, cette époque! lance Jason en mordant dans une cuisse de poulet. Les voitures sont géniales! Et vous avez vu les filles, comment elles sont vêtues? Incroyable!

– T'es jamais sorti ou quoi? demande Noah, qui ne comprend pas l'émerveillement du jeune homme.

Arielle lui explique que Jason a passé les soixante dernières années dans la fosse nécrophage d'Orfraie, enfermé, comme Gabrielle, dans une des cellules du niveau carcéral.

– Et il n'a pas vieilli? s'étonne Noah.

– C'est grâce à une Walkyrie, répond Jason.

Les Walkyries sont des servantes d'Odin. Généralement, elles veillent sur les guerriers décédés, mais lorsque que la fraternité de Mjölnir a été créée, certaines d'entre elles ont été chargées de protéger les cénobites et, plus tard, les chevaliers fulgurs. C'est Thor lui-même qui leur a demandé d'aider les membres de l'Ordre. Il voyait d'un bon œil que les humains s'unissent enfin pour faire la chasse aux démons.

– C'est l'aura protectrice d'une Walkyrie qui m'a permis de conserver la jeunesse, précise Jason.

– Alors, même si tu n'en as pas l'air, tu as plus de soixante-dix ans? fait Noah.

Non, réplique Jason, car la Walkyrie qui a veillé sur lui durant ses années de réclusion n'a pas seulement préservé son corps du vieillissement, mais aussi son âme. Si elle ne l'avait pas fait, il aurait certainement fini par sombrer dans la folie; on ne peut pas rester seul dans une cellule pendant près de soixante ans sans en perdre la boule.

– J'ai toujours seize ans, conclut Jason, de corps comme d'esprit.

– Seize ans, c'est pas un peu jeune pour devenir chevalier fulgur? lance Noah.

– Les fulgurs novices sont recrutés le jour de leur douzième anniversaire. Quatre ans d'entraînement intensif suffisent pour en faire de bons combattants.

– Comment s'appelait la Walkyrie qui s'est occupée de toi? demande Arielle.

– Bryni. Elle m'a quitté dès que Freki a ouvert la porte de ma cellule. Mais, avant de partir, elle a murmuré ceci: «Je reviendrai. Avec des amis.» C'est tout.

Jason s'interrompt et pointe du doigt un endroit dans la cuisine.

– Hé, c'est quoi, ce truc?

– Ça? C'est un lave-vaisselle, répond Arielle.

– Et ça?

– Un four à micro-ondes.

Le jeune homme fronce les sourcils.

– Tu as bien dit des *micro-ondes*?

C'est à ce moment que le vieux Simon rentre à la maison. Les animalters sur les talons, il traverse le couloir et rejoint Arielle et les deux garçons dans la salle à manger.

– Heureux de te revoir, mon gars ! s'écrie Sim en apercevant Noah à la table.

Il lui serre vigoureusement la main, puis se tourne vers sa nièce.

– Où l'as-tu trouvé ?

– Au cimetière de Belle-de-Jour.

Après réflexion, le vieux Simon déclare qu'il est tout à fait logique que l'âme du garçon se soit réincarnée à cet endroit.

– La chair et l'esprit ne pouvaient se donner rendez-vous à un meilleur endroit, soutient-il.

– Comment va ma mère ? l'interroge Arielle.

L'oncle Sim hésite.

– Les médecins ne savent pas ce qu'elle a, répond-il finalement. Un genre de coma, peut-être. Ils vont lui faire passer des tests. Tu sais quoi ? Je leur ai demandé d'installer Gabrielle dans la même chambre qu'Elizabeth.

Arielle s'en réjouit.

– Comment se porte le vieux Reivax ? demande Noah. Il a mal réagi lorsqu'il a compris que Nomis n'était pas avec vous ?

Le vieux Simon secoue la tête.

– Il n'a rien dit. Et c'est ce qui m'inquiète.

– Il t'a reconnu ?

– Non, fait Sim en caressant sa barbe. Pas plus qu'il ne t'a reconnu quand tu étais l'oncle Yvan.

Tout comme Yvan/Noah, Sim/Simon a laissé pousser sa barbe pour éviter que les gens de Belle-de-Jour ne le reconnaissent et n'associent ses traits à ceux de Simon Vanesse.

– Je n'ai jamais été l'oncle Yvan, corrige Noah. Et ça, c'est grâce à toi.

– Dites-moi, Reivax a puni Ael pour son échec ? intervient Jason.

– Le soleil s'est levé peu après notre arrivée au manoir Bombyx, explique le vieux Simon. Dès les premiers rayons, Ael est redevenue Léa Lagacé. Bien sûr, elle ne se souvenait de rien. Elle se demandait ce qu'elle faisait au manoir des Vanesse si tôt le matin. Le majordome de Reivax a soigné son bras, lui a donné d'autres vêtements, puis lui a appelé un taxi. Elle est rentrée chez elle.

– Ce n'est que partie remise, affirme Noah. Reivax attendra que Léa redevienne Ael avant de la châtier.

– La nuit prochaine, donc ? dit Jason sur un ton amer.

– Ou celle d'après, répond l'oncle Sim avant de prendre une boisson gazeuse dans le réfrigérateur.

Il ne boit pas d'alcool, songe Arielle, *contrairement à l'oncle Yvan*. Mais bien sûr ! Le vieux Simon n'a pas à s'enivrer pour contrôler son alter, puisque son alter, Nomis, est mort ! Arielle se souvient maintenant : jamais elle n'a vu son oncle Sim boire de l'alcool, jamais elle ne l'a trouvé ivre, endormi sur le canapé du salon ou sur le coin d'une table. Elle n'a que des souvenirs heureux se rapportant à l'oncle Sim. Malgré tout, elle ne peut s'empêcher d'éprouver une certaine nostalgie en repensant à l'oncle Yvan. Ce soir, à cette table, elle a une pensée pour lui… peut-être la dernière, puisque son souvenir dans son esprit n'est plus qu'une vague chimère à présent.

Après avoir mangé, les deux élus se retirent au salon.

– Je dois aller voir ma mère à l'hôpital, déclare Arielle.

– Et moi, mes parents, fait Noah. Qu'est-ce que je vais bien pouvoir inventer pour expliquer ma résurrection ?

Après avoir réfléchi, il ajoute :

– Paraît que des gens sont parfois déclarés morts alors qu'ils sont toujours vivants. J'ai vu ça à la télé. Ça te dit quelque chose ?

– Ce qui m'inquiète le plus, dit Arielle, c'est que tu n'as plus ton médaillon. Si tu t'endors la nuit, Razan prendra le contrôle de ton corps. Qui sait ce qu'il peut faire alors ?

Noah répond qu'il a pensé à quelque chose :

– Faudra m'isoler, Arielle.

La jeune fille ne comprend pas.

– La nuit, vous devrez m'enfermer, explique Noah, de préférence dans un endroit où il sera impossible à Razan de s'échapper. J'avais pensé à une cave. Peut-être une chambre forte.

– Je ne pourrai jamais faire ça, réplique Arielle.

– Tu n'auras pas le choix, Vénus. À un moment ou à un autre, il faudra bien que je dorme. Et à ce moment-là, Razan s'éveillera.

– Et si on récupérait ton médaillon ?

– Tôt ou tard, le médaillon me reviendra. Mais tant que ce ne sera pas le cas, je représenterai un danger pour toi et les autres.

Arielle secoue la tête.

– Tu n'es pas le seul qui représente un danger.

Noah demeure perplexe.

– Qu'est-ce que tu veux dire?

L'adolescente prend une grande inspiration avant de répondre:

– Je ne l'ai dit à personne, mais je crois que Loki nous a laissés partir.

– Quoi?

– Il aurait pu nous retenir là-bas, j'en suis certaine. J'ai entendu sa voix dans ma tête, juste avant que le Mangeur de cadavres nous emmène hors du palais. Il a dit: «Le mal existe en toi, comme il existe en chacune des sœurs reines. Souviens-toi de ceci, Arielle: un jour, je t'offrirai un des dix-neuf Territoires en récompense, et tu l'accepteras. Tu te joindras alors à moi, comme toutes celles qui t'ont précédée.»

Arielle fait une pause, puis ajoute:

– Loki voulait que nous nous échappions de l'Helheim.

– Mais pourquoi?

– Je ne sais pas. Mais il a dit que le mal existait en moi et qu'un jour je me joindrais à lui. Je dois peut-être accomplir quelque chose pour lui… quelque chose de mal.

Noah s'approche d'Arielle et la prend dans ses bras.

– Arrête de t'en faire, lui dit-il. Je te connais assez bien pour savoir que le mal ne fait pas partie de toi. Loki a voulu te troubler… et il a réussi.

– Je ne sais plus quoi penser.

– Fais-moi confiance. Je suis là. Je serai toujours là. Je ne t'abandonnerai jamais, et je ne laisserai jamais Loki ou les autres te faire du mal.

La jeune fille appuie sa tête contre l'épaule de son ami. Il ne peut rien lui arriver lorsqu'elle est avec lui. Ensemble, ils sont plus forts que tout. Lentement, Arielle lève les yeux vers Noah. Sa bouche est attirée par la sienne. Leurs lèvres se rencontrent et s'entremêlent.

Arielle sent une chaleur qui se diffuse dans tout son corps. Elle est soudain prise d'un vertige, et les battements de son cœur s'accélèrent. Ce qu'elle éprouve est si fort qu'elle craint de s'évanouir. «Et toi, Arielle, tu l'aimes, ce pauvre Noah?» lui a demandé Razan dans l'Helheim. Elle n'a rien répondu alors, parce qu'elle n'était pas certaine de connaître la réponse. Mais, à présent, tout est beaucoup plus clair dans son cœur et dans sa tête.

– J'ai vraiment eu peur de te perdre, tu sais, dit-elle en mettant fin à leur long baiser. Promets-moi qu'à l'avenir tu feras tout pour rester en vie.

Noah fixe son regard au sien.

– Je te le promets.

– Je peux t'embrasser encore? demande Arielle en rougissant.

– Autant que tu veux, Vénus.

L'adolescente relève la tête et s'apprête à embrasser Noah de nouveau lorsqu'elle est interrompue par Jason, qui pénètre dans le salon. Le jeune chevalier s'approche des deux élus, les obligeant à mettre fin à leur étreinte. Il tend un objet à Noah. Une enveloppe. Arielle l'a déjà vue auparavant; elle reconnaît sa couleur rouge. *C'est l'enveloppe écarlate*, se dit-elle. *Celle que Jason a récupérée en même temps que ses armes et ses vêtements dans le coffre-fort du poste de garde.* « Je dois la remettre à quelqu'un, a-t-il déclaré alors. Mais seulement lorsque le temps sera venu. »

– Abigaël Queen m'a remis cette enveloppe en 1945, leur révèle Jason, juste avant que je sois fait prisonnier par les elfes noirs. Elle m'a assuré qu'un jour je saurais quoi en faire. Voilà, elle est pour toi, ajoute-t-il en s'adressant à Noah.

Noah prend l'enveloppe et l'examine. Quelque chose est inscrit dessus.

POUR NOAH D.
À OUVRIR AU LEVER DU JOUR,
LE 13 NOVEMBRE 2006.

– Le 13 novembre? s'étonne Noah. Mais c'est dans trois jours!

– Tu ne dois pas l'ouvrir avant cette date, précise Jason. Abigaël a insisté sur ce point.

Noah se tourne vers Arielle.

– Tu sais ce que c'est?

La jeune fille secoue la tête, tout aussi intriguée.

– Aucune idée.

23

Au même moment, à l'hôpital...

Selon les différents moniteurs, tout semble normal : le pouls, la tension artérielle, la respiration et la température. Après avoir vérifié le soluté, l'infirmière jette un dernier coup d'œil à la femme endormie, puis se dirige vers le second lit où est étendue une patiente beaucoup plus jeune. Contrairement à l'autre, celle-ci est éveillée.

— Tu la connais, cette femme ? demande l'infirmière à l'adolescente.

— C'est la mère d'une de mes amies, répond Elizabeth.

En tout cas, c'est ce qu'a prétendu l'oncle d'Arielle lorsque, à sa demande, on a installé Gabrielle dans la même chambre qu'Elizabeth.

— Elle souffre de quelle maladie ? demande cette dernière.

L'infirmière hausse les épaules sans la regarder.

— Sais pas. Ça ressemble à un coma.

— Et ça se guérit ?

— Parfois oui, parfois non. Toi, ça va ?

Elizabeth fait signe que oui. L'infirmière prend tout de même sa température. Après avoir inscrit le résultat dans le dossier de la jeune fille, elle quitte la chambre. Elizabeth se retrouve seule avec la mère de son amie. Elle l'examine plus attentivement : malgré les marques de brûlures que porte son visage, c'est une belle femme. Une belle femme immobile, qui ne parle pas, qui ne sourit pas. Elle ressemble à Arielle. Arielle dans sa version rousse. La jeune fille ferme les yeux et appuie doucement sa tête contre son oreiller. Elle est épuisée. Les médicaments qu'on lui injecte pour purifier son sang de kobold sont très puissants et la fatiguent beaucoup. Elle dort presque toute la journée.

« Alors, ton nom est Elizabeth ? » demande une voix.

Elizabeth sursaute.

– Qui a parlé ?

Elle est toujours seule avec la mère d'Arielle. L'adolescente se tourne alors vers Gabrielle. Celle-ci est toujours couchée sur le dos, les bras allongés de chaque côté du corps. Elle n'a pas bougé, pas plus qu'elle n'a parlé.

– Bien sûr que j'ai parlé ! lance soudain Gabrielle en tournant la tête vers Elizabeth.

La femme ouvre brusquement les yeux et les fixe sur sa voisine, qui ne peut retenir un cri de surprise.

– Alors, ton nom est Elizabeth ? demande Gabrielle d'une voix grave et rauque, qui fait contraste avec la douceur de ses traits.

Elizabeth ne sait pas si elle doit répondre. Elle hoche finalement la tête.

– Mon fils est en danger, Elizabeth, déclare Gabrielle.

– Votre fils?

Les iris de la femme sont blancs, note Elizabeth, aussi blancs que du lait.

– Mon fils…, murmure Gabrielle alors que son regard se perd dans la pièce. Autrefois, on l'appelait Emmanuel. Maintenant, il est Mastermyr. Reivax le garde prisonnier dans son manoir. Tu vas m'aider à le libérer, Elizabeth!

ARIELLE QUEEN

LA SOCIÉTÉ SECRÈTE DES ALTERS
TOME 1

EN LIBRAIRIE

Arielle Queen

La riposte des
elfes noirs

TOME 3

En librairie

La production du titre *Arielle Queen, Premier voyage vers l'Helheim* sur 11,817 lb de papier Rolland Enviro100 Édition plutôt que sur du papier vierge aide l'environnement des façons suivantes :

Arbres sauvés : 100
Évite la production de déchets solides de 2 895 kg
Réduit la quantité d'eau utilisée de 273 871 L
Réduit les matières en suspension dans l'eau de 18,3 kg
Réduit les émissions atmosphériques de 6 358 kg
Réduit la consommation de gaz naturel de 414 m³

Transcontinental
IMPRESSION
IMPRIMERIE GAGNÉ

100%   BIO GAZ   PERMANENT

Imprimé sur du Rolland Enviro100, contenant 100% de fibres recyclées postconsommation, certifié Éco-Logo, Procédé sans chlore, FSC Recyclé et fabriqué à partir d'énergie biogaz.